기기괴괴공모전 수상작품집

기기괴괴공모전 수상작품집

백해인
백승빈
신도윤
이승훈
정현수

팩토리나인

차례

7
탈피, 키스
백해인

65
수레바퀴 소리가 들리면
백승빈

125
가지치기
신도윤

165
비어 있는 상자
이승훈

221
무미의 끝
정현수

탈피, 키스

백해인

†

우기에 내리는 비처럼 물줄기가 쏟아졌다.

수희는 머리부터 적시며 습기 가득한 공간 속에 둥둥 떠다니는 향기를 맡았다. 포근한 비누 향과 그 사이로 섞여든 희미한 락스 냄새. 마음이 편안했다. 구석에만 집을 짓는 거미처럼 목욕탕의 끝자리는 언제나 수희의 영역이었다.

목욕탕에는 온갖 종류의 살냄새가 모였다. 사람들은 켜켜이 쌓인 먼지와 땀을 씻어내고 각질을 한 겹 벗겨냈다. 그러면 마음속에 축적된 더럽고 찜찜한 것들이 함께 떨어져 나갔다. 수희 또한 다르지 않았다. 어떠한 의식처럼 행하는 목욕에는 순수하고 신비로운 힘이 있는 것 같다고, 수희는 생각했다.

온천수가 나오는 목욕탕을 선호하는 수희는 조금 거리가 멀어도 그런 곳만 찾아 다녔다. 어디선가 보았는데, 땅속에서 부터 끌어오는 온천수의 습기가 피부의 재생 능력을 높여준다고 했기 때문이다. 종일 모니터를 노려보며 번역 작업을 하고 나면 창밖은 어느새 밤이었고, 수희는 대충 끼니를 때운 후 목욕 바구니를 챙겼다. 피곤했지만 낮보다는 밤이 나았다. 자외선은 피부에 좋지 않으니까.

오늘 발견한 곳은 조용한 골목가에 자리하고 있어 방문객이 적고 시설 또한 나쁘지 않은 곳이었다. 수희는 인터넷에서 열심히 검색한 보람이 있다고 생각했다. 아무래도 지나치게 시설이 좋아 인기가 많으면 곤란했다. 적당한 거리를 두고 앉아야만 저들끼리 소곤대거나 흘긋대는 시선을 무시할 수 있었다.

－……가려워.

잠시 탈의실로 돌아와 로커를 열려던 수희는 불어오는 선풍기 바람에 얼굴이 건조해지는 걸 느꼈다. 곧바로 이마와 턱이 간지럽기 시작했다. 마음 같아서는 손톱을 세워 벅벅 긁고 싶었지만 내색하지 않았다. 이럴 때 긁으면 안 된다는 걸 알고 있었다. 얼굴에 피 칠갑을 하게 될지도 모를 상황이었다. 머리를 말리는 아주머니가 거울 너머로 수희를 유심히 관찰했다.

수희는 로커에 붙은 거울을 바라보았다. 얼굴 위에는 새까만 고름을 품은 수백 개의 종기가 폭발 직전의 화산처럼 고요히 쌓여 있었다. 끈적하고 악취 나는 고름. 아무리 짜내도 하루면 다시금 재생하는 괴물 같은 고름. 수희는 그것들이 증오스러웠다.

얼굴이 이렇게 된 건 3년 전부터였다. 처음부터 이 정도로 심각한 건 아니었다. 어느 날, 두드러기 같은 것이 피부에 올라와 수희는 단순 모낭염이나 성인 여드름이라고 생각해 피부과를 찾았다. 당시 다니던 회사에서 바쁜 업무 스케줄을 감당해 내느라 스트레스가 많은 시기였다. 평소에도 위염은 달고 살았으니 트러블쯤이야 충분히 동반될 수 있었다. 약을 먹고 꾸준한 관리를 하면 나을 수 있을 거라는 확실한 믿음 또한 있었다.

피부과 의사는 전반적으로 세균에 의한 염증이 발생한 거라고 진단했다. 국소 치료를 받게 하고, 항생제와 연고를 처방해 줬다. 그러나 치료가 진행될수록 그것들은 점차 까만 고름을 품었고 크기가 커졌으며, 무섭게 퍼졌다. 수희는 그렇게

2년을 피부에 투자했다. 그제야 의사는 대학 병원을 가보라고 권유했다.

저주에 걸렸다는 걸 깨달았을 때, 이미 수희의 정신은 피폐해지고 약 때문에 몸은 더욱 망가진 상태였다. 다니던 회사를 그만두고 치료에 집중했다. 매일 아침 조금이라도 더 나아졌겠지, 하는 희망을 품었지만 그때마다 찾아오는 절망감은 이제 수희의 일부가 되었다. 노력과 정성을 들인다고 모든 것이 더 나아지는 건 아니었다.

피부과와 한의원, 에스테틱과 성형외과까지 치료를 위해서라면 모든 방법을 시도했다. 전부 오답이었다. 어느 날은 길에서 다짜고짜 모르는 할머니에게 붙잡혀 장기가 망가져서 이 모양이라는 소리까지 들었다. 점차 수희는 자신의 방식대로 피부를 고쳐보기로 결심했다.

사실 목욕탕에 오는 건 외면보다는 내면의 이유 때문이다. 수희에게는 내면의 치유가 필요했다. 정성스러운 목욕을 하고 나면 자신이 고름처럼 더러운 존재가 아니고, 돌보고 가꿔야 하는 소중한 존재라고 증명받는 기분이었다. 탕에 들어가지는 않았다. 자신만의 에스테틱 공간을 마련해 2시간 이상을 천천히 씻는 게 수희의 방식이었다. 그렇게만 해도 기분이 한결 산뜻해졌다. 탕에 들어가지 않는 이유는 간단했다. 주변의 시선 때문이었다.

하루는 탕에 들어갔다가 싸움이 난 적이 있었다. 역 근처에 새로 생긴 옥상 노천탕이 갖춰진 목욕탕이었다.

수희는 몸을 씻고 노천탕 전용복으로 갈아입은 뒤, 탕 속에 잠시 앉아 있었다. 몇몇 개의 조명이 넓은 옥상을 밝히고 있었고, 초겨울의 찬바람 때문에 야외까지 나온 사람의 수는 적었다. 그때 맞은편에 앉아 있던 남자가 수희를 빤히 쳐다보았다. 남자는 곧 얼굴을 일그러트리며 자기 일행에게 귓속말을 하기 시작했다. 수희는 신경 쓰지 않았다. 자신을 두고 쑥덕대는 거야 뭐, 여러 번 보았던 장면이니까 상관없었다. 문제는 그 말이 수희의 귀까지 들렸다는 점이었다.

"어우, 저거 전염되는 거 아니야? 그 옛날에 문둥병 같은 거 있잖아. 더럽게."

일행은 쓴웃음을 지으며 "자기도 참, 설마 전염병인데 여길 왔겠어."라고 조그맣게 속삭였다. 당연히 전염되지 않는다. 이 저주는 오롯이 수희만의 것이었다. 그러나 잠시 찾아온 적막 속, 수희는 자신이 존재 자체로 더러운 쓰레기 취급을 받고 있다는 걸 깨달았다. 입술 안쪽을 잘근잘근 깨물며 침착함을 유지했다. 떨리는 안면을 진정시키려 애썼지만 무언가 속에서 주체가 되지 않았다.

자리에서 벌떡 일어난 수희가 남자에게 삿대질하며 뭘 아냐고 소리치자 남자는 괴상한 장면을 목격한 것 같은 표정을 지었다. 이윽고 요란스레 물을 첨벙대며 수희를 망상증 환자 취급했다. 싸움은 풍선처럼 부풀어 올랐고 결국 남자가 수희의 옆통수를 때리는 지경이 됐다. 그래서 수희는 지켜보던 사람들이 남자와 자기 팔을 붙잡기 직전, 남자의 뺨을 세차게 두 번 후려치는 것으로 되갚아줬다. 그때 싸움을 말리던 사람들의 눈빛을 수희는 오래도록 기억했다.

그날부터 세상을 원망하며 칩거에 들어갔지만, 오래가지 않아 다시 여러 목욕탕을 전전하게 되었다. 고작 몇몇 시선에 상처받아 숨기에는 그동안 수희는 너무 많은 눈동자를 마주쳐 왔다.

[고기 먹으러 왔어요.]

머리를 감으려고 샴푸를 짜는데 수희의 휴대폰에서 진동이 울렸다. 손을 헹구고 방수 팩에 넣어둔 휴대폰을 꺼내 보았다.

이진의 메시지였다. 수희는 입안에서 굴리던 사탕을 오도독 씹으며 답장을 보냈다.

[누구랑 갔어요? 친구들?]

답장을 보내기 무섭게 또다시 거침없는 진동이 여러 차례 울렸다.

[응. 여기 대박.]

[서비스도 많이 줘요.]

[나중에 같이 올래요?]

마지막으로 도착한 메시지는 사진이었다. 수희는 만족스러운 기분으로 씻는 것도 잊은 채 사진을 확대해 보았다. 벽에 붙은 핑크 네온사인이 눈에 띄는 고깃집이었다. 분위기를 보아하니 한바탕 식사를 마친 듯했다. 핑크 조명이 내려앉은 불판에는 선택되지 못한 새까만 고기들이 두어 개 나뒹굴었고, 옆쪽에는 빈 술병과 휴지 뭉치들이 어지러이 놓여 있었다. 고깃집보다는 감성 포차에 가까운 분위기였다.

– 요새는 이런 게 유행인가?

[괜찮아 보인다!]

휑뎅그렁한 불판을 보고 할 말이 딱히 떠오르지 않았던 수희는 고민 끝에 답장을 보냈다. 그런 다음 사진을 캡처했다.

일단 목욕을 마치고 밖으로 나가 다시 한번 찬찬히 살펴볼 계획이었다.

비록 아직 실제로 만난 적은 없지만, 이진은 수희의 유일한 소통 창구였다. 그와 인스타그램을 통해 메시지를 주고받은 지 벌써 2개월이 넘어가고 있었다.

이진을 먼저 알게 된 건 수희였다. 인스타그램에 직접 부른 커버 곡을 주기적으로 올리던 이진을 우연히 피드에서 보고, 그를 팔로우했다. 그리고 인스타그램을 켤 때마다 그의 게시글이 가장 먼저 보여 매번 가장 먼저 댓글을 달았다. 어느 날, 이진이 수희에게 먼저 메시지를 보냈을 때 수희는 거절할 이유가 없었다.

그것만으로 수희는 자신이 특별한 존재가 된 것 같았다. 메시지로 소통할수록 이진이 어떤 사람인지 궁금해졌다. 그가 보여주는 완벽한 모습이 아닌 그의 이면을 보고 싶었다. 자신의 불행을 SNS에 전시하고 싶은 사람은 없으니까. 어쩌면 그도 자신처럼 두 개의 삶을 유지하고 있을지도 모른다고 생각했다. 이진이 악취미와 고쳐야 할 버릇을 가지고 있다면, 수희는 어쩐지 그가 더 좋아질 것 같았다.

휴대폰을 방수 팩에 다시 넣기 전, 수희는 자신의 프로필을

탈피, 키스

클릭해 보았다. 가장 최근 사진 속에는 우윳빛처럼 고운 피부를 가진 수희가 있었다.

온라인 수강을 통해 배운 포토샵으로 재창조에 가깝게 수정한 사진이었다. 한때 취미 삼아 배웠던 것인데, 이런 식으로 쓰일 줄은 예상하지 못했다. 수희는 사진 속 자기 얼굴이 다른 사람이라고 생각하지는 않았다. 그건 오히려 현실보다 더 자연스러웠다. 사진 속 여자의 얼굴은 수희에게 과거이자 미래였고, 이 빌어먹을 현재만 해결하면 찾게 될 본래의 모습이었다.

그러니 이 달콤하고 유일한 해방구를 벗어날 생각은 없다. 수희는 미소를 띤 채 사진에 달린 댓글을 읽다가 휴대폰을 방수팩 속으로 밀어 넣었다.

여자를 본 건, 바가지를 가지러 갔을 때였다.

수희는 자리에서 일어나 주변을 둘러보았다. 그 흔한 바가지가 하나도 보이지 않았다. 지금 보니 목욕을 하는 사람이 자신 말고는 아무도 없는 듯 조용했다. 안쪽에 모아놨으려나 싶어 축축한 바닥을 걸으니 금세 침묵이 가져다주는 한기가 감돌았다.

맞은편 코너 안쪽은 냉탕과 온탕, 이벤트 탕까지 여러 개의

탕이 갖춰진 공간이었다. 그 사이에 있는 우뚝 솟은 기둥 앞에 바가지가 한가득 쌓여 있었다. 수희는 바가지를 향해 걸으며 고개를 이리저리 돌렸다. 탕의 색깔이 다양해 참 독특한 내부 디자인이라고 생각했다. 이건 푸른색, 저건 노란색……. 타일 색과 조명의 차이인 듯했다.

파란 바가지를 하나 집어 들고 몸을 돌리는데 돌연 어디선 가 물비린내가 훅, 끼쳐왔다. 수희는 순간적으로 얼굴을 찌푸 렸다. 목욕탕에서 흔히 맡는 종류의 물비린내가 아니었다. 밖 에서 들어온 냄새일지도 모른다고 생각했지만, 목욕탕에 창 문이 열려 있을 리가 만무했다.

– 저기에 방금까지 사람이 있었던가?

수희가 바라본 곳은 빨간 타일이 화려하게 깔린, 가장 구석 에 있는 냉탕이었다. 그 안에서 한 여자가 목까지 몸을 담근 채 고개를 빳빳이 들고 이쪽이 뚫어져라 응시하고 있었다.

– 대체 머리가 얼마나 긴 거야. 엄청 놀랐네.

해조류처럼 물낯을 뒤덮은 여자의 검은 머리카락을 보며 수희는 기분이 찜찜해졌다. 수증기 사이로 번지는 기묘한 분 위기가 마치 공포 영화의 한 장면 같았다. 지켜보고 있어봐야 좋을 일이 없다는 걸 안 수희는 급하게 발걸음을 옮겼다. 그 순간, 여자가 입을 열었다.

"여기 들어오실래요?"

새처럼 가느다란 목소리였다. 수희는 우뚝 멈춰서 고개만 돌려 다시 여자를 바라보았다. 냉랭한 침묵이 그사이를 훑고 지나갔다. 곧 여자는 다시 한번 속삭이듯 말했다.

"탕에 들어와 본 지 오래됐잖아요. 그렇게 매일매일 열심히 씻는데 물에 들어오지도 못하고. ……슬퍼라."

"저한테 하는 소리예요?"

수희는 목에 잔뜩 힘을 준 채 물었다. 이제 찜찜함은 불쾌함으로 변해갔다. 자기가 뭘 안다고. 대체 나에 대해 뭘 안다고 저딴 소리를 해? 그러나 여자는 수희의 물음에 대답하지 않았다.

"이봐요. 내 말 듣고……."

바로 그때, 갑자기 여자가 웃기 시작했다. 입을 찢어질 듯 과하게 늘어트리며 아무 소리도 내지 않고, 오로지 흰자위처럼 새하얀 치아만 가득 드러낸 채. 지금까지 본 적 없는 기이하고 소름 돋는 웃음이었다. 수희는 깜짝 놀라 저도 모르게 뒷걸음질 쳤다. 뒤이어 욱하는 마음과 함께 심장이 살벌하게 뛰었다.

곧 입을 다문 여자가 다시 속삭이듯 말했다. 이제는 그 목소리가 수희의 귀에 섬찟하게 들려왔다.

"여기 들어오면……."

그녀가 두 손으로 물을 끌어모아 얼굴 앞으로 들어 보였다.
붉은 조명에 반사된 안광이 별빛처럼 반짝였다. 손가락 사이
로 흐르는 물줄기를 내려다보며 여자가 말했다.

"피부가 좋아질 텐데."

그 말은 영락없는 조롱이었다. 순식간에 수희의 얼굴이 달
아올랐다. 겨우 진정된 고름들이 지끈거리며 날뛰기 시작했
다. 지금 당장 여자에게 달려가 머리채를 움켜잡고 물속에 처
박고 싶은 기분이 일었지만, 할 수 없었다. 정신이 아득해져
얼른 이 공간을 벗어나야 한다고 본능적으로 느낄 뿐이었다.
황급히 자신의 자리로 돌아간 수희는 목욕 바구니를 챙기고
밖으로 빠져나갔다.

◆◆◆

"혹시 수희 누나 아니에요?"

수희가 이진을 만난 건 주말 오후에 방문한 서점에서였다.
이진이 먼저 그녀를 알아보았다. 마스크와 모자로 얼굴을 가

리고 신간 서적 매대를 훑던 수희는 아까부터 옆에 서 있던 스타일이 좋은 남자가 설마 이진이라고는 상상조차 하지 못했다.

자신을 부르는 목소리에 무심결에 위를 쳐다본 수희는 그를 알아보고 황급히 고개를 숙였다. 너무 놀란 나머지 크게 숨을 들이켰다. 이진은 수희가 맞는지 확인하듯 허리를 숙여 모자 아래 수희의 눈을 보려고 했다. 마치 눈동자를 보면 확신할 수 있다는 듯이.

"수희 누나 맞아요? 나 이진인데."

순간, 수희는 거부감이 일었다. 그를 만난 게 놀라운 걸 넘어 신기하고 한편으로는 기뻤지만, 그보다 더 큰 감정은 두려움이었다. 그가 자신의 실물을 마주하면 충격받을 게 뻔했다. 수희는 모자를 고쳐 쓰며 이진이 자신을 자세히 보지 못하도록 가렸다.

"와, 이진. 여기서 만나다니. 반가워요."

수희가 말하자 이진이 역시 맞았다면서 한 발짝 다가섰다.

"우와. 진짜 맞네. 아니, 나도 책 좀 읽어보려고 서점에 왔는데 들어오자마자 뒷모습이 누나 같은 사람이 서 있더라고요. 이 옷 저번에 입고서 인스타그램에 사진 올렸잖아요. 무엇보다 손목의 타투 보고 딱 알아봤지."

"아…… 이거."

수희는 손목 위에 새겨진 반려 고양이 타투를 바라보았다. 아무래도 흔한 디자인은 아니었기에 이진이 알아본 듯했다.

어색하고 친절한 대화가 잠깐 오갔다. 지난 몇 개월간 이미 주고받았던 질문들로 마치 처음 만난 사이 같은 어색한 공백을 메꾸었다. 곧 매대에 놓인 책을 만지작거리던 이진이 그냥 헤어지기 아쉽다는 듯 함께 밥을 먹지 않겠느냐고 물었다. 자연스럽고 매끄러운 질문이었다. 수희는 갈등했다. 거절하는 것이 당연했지만, 그의 실물이 상상만큼이나 완벽했기 때문이다. 곧 수희는 마음을 다잡고 말했다.

"그런데 내가 지금 피부병 때문에 상태가 안 좋아서……. 이따 약속도 있고요……."

"아, 그래? 그럼 어쩔 수 없지. 다음 주 주말에는 뭐 해요?"

"주말은…… 왜요?"

다음 주 주말에 친구의 전시회가 있는데 함께 가자고 그가 제안했다. 수희는 또 한 번 갈등했다. 몇 년 만에 찾아온 이성의 관심이었다. 물론 그가 알고 있는 수희는 사진 속의 수희였다. 현실과 정반대의 분위기를 띠는 여자. 수희도 그 사실을 알았지만, 그래서 마음속으로는 거절했지만, 입에서 그만 긍정적인 말이 튀어나오고 말았다.

"그때까지 나을지는 모르겠는데…… 좋아요."

"뭐 어때요! 저는 신경 안 써요. 누나는 그래도 예쁠 테니까."

수희는 그냥 수줍게 미소 지었다.

그와 헤어진 뒤, 여자 화장실로 달려간 수희는 깊게 눌러 쓴 모자를 벗었다. 땀으로 흥건한 이마를 물티슈로 한 차례 닦아 내며 쿵쿵 뛰는 심장을 진정시켰다. 그러고는 가만히 자신의 얼굴을 바라보았다. 피부병이 생긴 후로 한 번도 해본 적이 없던 메이크업을 얼마나 두껍게 해야 할지 가늠해 보았다. 동시에 그와 보낼 하루를 상상했다. 여러 가지 복합적인 감정이 뒤섞여 올라왔다. 말하자면, 운명으로 느끼기에 충분한 감정이었다.

결국 이진은 만나지 못했다.

약속 당일, 3시간에 걸친 메이크업을 끝냈을 때 수희는 그리 나쁘지 않다고 생각했다. 비록 울퉁불퉁한 피부 표면은 가릴 수 없었지만, 트러블 피부용 화장품으로 베이스를 깐 덕에 붉은 기는 잡을 수 있었다. 전부 오늘을 위해 새로 구매한 화장품이었다.

약속 장소는 지하철로 1시간 반을 이동해야 하는 곳이었다. 수희는 마스크를 조심히 걸쳐 쓰고 밖으로 나왔다. 중요한 날인데 비가 쏟아질 듯 하늘이 심상치 않았다. 지하철 구석 자리에 서서 이진과 만나기로 한 카페의 사진을 인터넷으로 검색해 보았다. 조명이 지나치게 밝았다. 이런 조명에서는 피부의 윤곽이 더 자세히 드러날 텐데, 그런 생각을 하면서도 기분이 설레었다. 이러나저러나 오늘은 수희에게 특별한 하루가 될 거였다.

[오고 있어요?]

개찰구를 나가는데 이진에게서 연락이 왔다. 그는 아까부터 도착해 기다리고 있다며 천천히 오라고 말했다. 수희는 에스컬레이터에 오르며 답장을 보내고 마지막으로 메이크업을 점검하기 위해 마스크를 살짝 내렸다. 까만 휴대폰 액정 위로 3시간을 공들인 허연 얼굴이 비쳤다.

순간 심장이 저릿했다.

자세히 보이지는 않으나 무언가 잘못된 게 분명했다. 두려운 마음에 마스크를 올리고 다급하게 근처 상가의 화장실로 직행한 수희는 거울 앞에서 완전히 마스크를 벗어보았다. 심장이 쿵쿵 뛰었다. 제발, 이라는 간절한 말이 입가로 새어 나왔다.

두껍게 떡칠한 베이스 위로 시커먼 피고름 수십 개가 터져 나오고 있었다. 1시간을 넘게 착용한 마스크의 습기 때문에 고름이 농익어 터진 듯했다. 수희의 입술이 파르르 떨렸다. 미끌미끌한 화장품에 짓이겨진 고름이 퀴퀴한 냄새를 풍기자 세상이 무너지는 기분이었다. 눈앞이 캄캄하다는 게 이런 상황을 두고 하는 말이라는 걸 깨달았다.

그러나 낙담할 시간은 없었다. 수희는 챙겨 온 면봉과 알코올 솜을 모두 동원해 고름을 하나씩 소독하며 동시에 짜냈다. 화장실을 들락거리는 여자들이 더러운 것을 목격한 표정을 지었다. 뒤늦게야 수희는 세면대에 쌓인 휴지와 면봉을 대충 정리하고 화장실 빈칸으로 들어갔다. 변기 뚜껑을 내리고 그 위에 앉았다. 손거울을 허벅지 사이에 끼고 몸을 숙여 고름을 수습했다. 그야말로 구석까지 내몰린 기분이었다.

[왜 안 와요? 아까 내렸다며.]

[누나?]

[왜 전화 안 받아요.]

이진에게 문자가 연달아 왔지만, 수희는 답장할 수 없었다.

마음이 초조했다. 피부를 짜낼수록 수희의 눈에서 눈물이 고름처럼 흘렀다.

모든 것이 끝나고 숨을 골랐을 때, 이미 얼굴은 처참해진 상태였다. 화장은 진작 지워졌고 피와 상처로 짓이겨진 전쟁의 흔적만 남아 있었다. 여기서 또 메이크업을 강행했다간 정말로 돌이킬 수 없을지도 몰랐다. 수희에게 더 이상의 선택지는 없었다.

그날 저녁, 이진의 인스타그램에 올라온 친구의 전시회 사진에는 한 여자의 아이디가 함께 태그되어 있었다. 사진에 달린 글을 보니 그곳에서 만난 듯했다. 수희보다 팔로워가 세 배는 많고 유튜브도 겸하는 항공과 학생이었다. 수희는 생각했다. 충분히 그럴 수 있다고. 말없이 약속을 어긴 건 자신이었으니까. 고민 끝에 이진에게 미안하다는 내용의 메시지를 길게 보냈지만 답장은 오지 않았다. 운명이 될 뻔한 관계는 시작조차 하지 못한 채 그렇게 막을 내렸다.

"새벽 3시부터는 탕 소독이 진행될 예정이니 2시 반까지는 마무리해 주세요."

"네."

새벽까지 비가 쏟아졌다. 수희는 젖은 어깨를 털며 탈의실로 들어섰다. 그 기분 나쁜 여자를 마주쳤던 목욕탕이었다. 그녀를 다시 보게 될까 염려했지만, 그럴 확률은 낮았고 무엇보다 오늘은 더 이상 다른 생각을 하고 싶지 않았다. 지금 당장 뜨거운 온천수를 몸에 끼얹고 싶었다. 그러면 오늘 하루가 없었던 것처럼 씻겨 내려갈 것만 같았다.

옷을 벗고 용품을 챙긴 후 안으로 들어간 수희는 혹시나 하는 마음에 내부를 한 바퀴 돌아보았다. 그 여자가 있다고 해서 도망칠 건 아니지만 확실히 알아두고 싶은 마음이었다. 다행히 그 여자는 보이지 않았고 사람이라곤 술을 마시고 온 건지 입구 근처에 앉아 시끄럽게 떠드는 아주머니 두 명뿐이었다.

수희는 구석에 자리를 잡고 차가운 수도꼭지를 돌렸다. 온천수가 속도 없이 시원하게 터져 나왔다. 손과 발을 씻고 거울에 얼굴을 들이밀며 낮에 붙여놓은 트러블 패치를 하나씩 떼기 시작했다. 진득한 피가 묻어 나오자 화끈한 열감이 느껴졌다. 그러다 갑자기 이게 다 무슨 소용인가 싶었다. 의사도 고치지 못하는 병인데. 패치 몇 개 붙인다고 해서 나아질 리가 없지 않은가.

"윽……."

돌연 치솟은 울분에 수희는 고개를 숙인 채 펑펑 울어버렸다. 모든 것이 지겹고, 허무하고, 끔찍했다. 한번 쏟아진 눈물은 고장 난 수도처럼 멈추지 않았다. 울다가 찬물로 얼굴을 살짝 헹구고 또 한 번 울었다. 마침 목욕을 마치고 밖으로 나가던 아주머니 두 분이 깜짝 놀라며 뒤돌아보았다.

"젊은 처자가 무슨 사연이 있길래 저리 울어."

"아이고, 힘내요."

아주머니들이 소곤대며 유리문을 열고 나갔다. 동시에 안으로 들어오는 누군가의 그림자가 길게 비쳤다. 수희는 정신을 다잡고 끅끅대며 울음을 삼켰다. 곧 그 사람이 요염한 몸짓으로 걸어와 수희 옆에 섰다. 수희는 고개를 들지 않았다. 무슨 마음이든 그저 무심히 못 본 척 지나쳐주면 좋겠다고 바랄 뿐이었다. 자신의 옆에 선 하얀 발등을 내려다보면서.

곧 무언가를 깨달은 듯 고개를 치켜든 수희가 입을 열었다.

"아."

한동안 침묵이 흘렀다. 지난번의 그 여자가 빙그레 웃으며 수희를 내려다보고 있었다.

"정말 근사한 울음이었어요."

"……."

"근사해요. 정말로."

"뭐라고요?"

여자는 수희의 옆자리에 앉아 손바닥으로 자신의 볼을 감쌌다. 무언가 말하려던 수희는 그만 입을 다물어버렸다. 가까이서 보니 여자의 피부가 지나칠 정도로 깨끗하고 맑았다. 창백하긴 했지만 솜털까지 부드러운 감촉일 것만 같았다. 훔치고 싶을 정도로 매혹적인 얼굴이었다.

수희는 고개를 돌려버렸다. 끈적한 절망감이 다시금 올라오려는 찰나, 여자가 다정한 목소리로 말했다.

"나는 당신이 원하는 걸 줄 수 있어요."

"……뭘요?"

수희가 울먹이는 것에 가깝게 떨리는 목소리로 물었다. 여자는 싱긋 웃으며 수희의 젖은 머리카락을 넘겨주었다. 그러고는 천천히 수희에게로 다가가 귀에 대고 속삭였다.

"깨끗한 피부."

수희가 그녀를 마주 보며 물었다.

"……어떻게요?"

"나를 믿어볼래요?"

"……."

"갖고 싶잖아요."

수희는 홀린 듯한 기분으로 기꺼이 고개를 끄덕였다.

차가운 물속으로 천천히 발을 밀어 넣자 아찔함이 금세 온 몸으로 번져갔다. 전율이 인 수희가 몸을 부르르 떨었다. 여자는 다리 끝부터 미끄러지듯 유연하게 입수했다. 그녀의 한 손에는 목욕 바가지가 들려 있었다.

온탕도 아니고 냉탕이었다. 수희는 이렇게 차가운 물에 들어온 적이 있었나 생각했다. 어렸을 적 갔던 바다나 계곡물은 비교도 안 될 만큼 시린 물이었다.

곧 탕의 가장자리 턱에 앉은 여자가 숨을 들이마시고 뱉는 호흡을 반복했다. 여자의 가슴이 부풀어 오르고, 내려갔다. 지켜보던 수희도 숨을 깊게 들이마셨다. 아직까지 그녀가 어떻게 자신을 도와줄지 감이 오지 않았다. 특별한 시술이라도 받는 걸까? 이렇게 차가운 물에는 대체 왜 들어온 거지? 묻고 싶은 게 많았지만 여자의 행동이 어쩐지 특별하게 느껴져 수희는 조용히 집중할 수밖에 없었다.

"……훅. ……훅."

얼마간의 호흡이 이어진 후, 여자가 입을 열었다.

"수희 씨."

"······네."

"재미있는 이야기 해줄까요?"

"갑자기요······?"

"들어봐요. 꽤 흥미로울 테니."

여자가 탕의 중앙으로 물을 헤치고 걸어가 높게 올려 묶은 머리를 풀어 헤쳤다. 그녀의 긴 머리가 일렁이며 냉탕의 수면을 덮었고, 수희의 살결에 닿았다. 간지럽고 부드러웠다.

"피의 백작 부인에 대해 알아요?"

"피의 백작 부인이요? 아니요. 누군데요?"

"바토리 에르제베트. 16세기의 헝가리 귀족 여인이에요."

"아. 그런데 왜 피의 백작 부인이죠?"

"아름다운 외모를 가지고 열다섯 살에 결혼한 바토리 에르제베트는 언제나 외로웠어요. 남편 페렌츠 백작은 헝가리 군을 지휘하는 영웅으로 자주 성을 비웠고, 그녀에게는 마음을 나눌 친구 또한 없었거든요. 그렇게 시간이 흘러 남편은 전사해 그녀의 삶에서 사라졌고, 그녀의 외로움은 곧 불안함으로 바뀌었죠. 왜일까요?"

"아름다움마저 사라질까 봐?"

"맞아요. 시간에 젊음을 빼앗기고 있다는 걸 알았거든요. 그녀는 자신의 아름다움이 영원하길 바랐어요. 그러다 점점 악마를 숭배하기 시작했고, 젊은 소녀들을 죽였어요. 자신보다 어린 소녀들을 차례로 죽이고 피를 빼내, 그 피로 목욕을 즐겼죠. 젊은 여인의 피로 목욕을 하면 피부와 머릿결이 고와진다고 믿었거든요. 그렇게 600명 넘게 죽였어요. 때로는 방금 쏟아낸 신선한 피를 은잔에 가득 담아 와인처럼 즐겼대요. 그래서 현대에는 피의 백작 부인이라고 불리게 된 거죠."

"그건…… 사람이 할 짓이 아니지 않아요?"

수희의 말에 여자는 까르르 웃으며 되물었다.

"중요한 건 그게 아니죠. 궁금하지 않아요? 정말 600명이나 죽일 정도로 그 피가 효과가 있었을지?"

"효과가 있을 리 없잖아요. 악마 숭배라니, 판타지가 따로 없네요."

"……과연 그럴까요?"

곧 그녀가 목욕 바가지에서 무언가를 꺼냈다. 마치 중세 시대에서 넘어온 듯한 앤티크한 향수병이었다. 뚜껑에는 날카로워 보이는 단검이 장식처럼 거꾸로 붙어 있었고, 찰랑거리는 붉은 액체가 반쯤 담겨 있는 게 반투명한 유리 몸통으로

탈피, 키스

비쳤다. 그녀가 뚜껑을 열자 동시에 비린내가 훅, 하고 끼쳤다. 일전에 맡았던 그 냄새였다.

숨을 들이켜며 향을 음미하던 여자가 미소 지었다. 수희는 여자의 행동을 이해할 수 없어 가만히 지켜보았다.

"믿는다면 당신에게도 바토리의 축복이 내려질 거예요."

곧 그녀가 수희가 있는 곳 주변으로 붉은 액체를 톡톡 뿌렸다. 그것은 순식간에 물과 섞이며 넓게 퍼져 나갔다. 수희는 자신의 눈을 의심했다. 아무리 생각해도 지금까지 대화의 흐름상 그건, 피였다.

"맙소사. 그거 설마…… 피예요? 미쳤어요? 여기 대중목욕탕이에요."

수희가 놀라며 주변을 둘러보았다.

"놀라지 말아요. 이곳은 3시부터 소독에 들어가고, 이 탕을 이용하는 사람은 우리가 마지막이 될 테니까."

여자가 차분하게 대꾸했다. 그러더니 몸을 뒤로 눕혀 차가운 물속으로 천천히 잠수했다. 그 속에서 그녀는 몸을 나른하게 뉜 채 눈을 뜨고 수면 밖을 바라보았다.

지금까지 여자가 장난을 쳤다고 받아들인 수희는 수치심에 휩싸였다. 동시에 기괴한 여자의 행동에 소름이 돋았다. 미친 여자한테 홀린 거야. 수희는 탕에서 나가기 위해 몸을 일으켰다. 그때였다. 갑자기 여자가 수희의 팔을 확, 끌어당겼다. 금세 탕의 바닥까지 몸이 고꾸라진 수희는 몸 깊은 곳에서부터 공포가 치밀었다. 온몸을 뒤틀며 다급하게 여자에게서 빠져나가려 했지만, 여자는 수희의 몸을 부드럽게 감싸곤 천천히 토닥였다.

– 괜찮아요.

물속에서 바라본 여자의 눈은 그렇게 말했다.

어느 순간부터 냉탕을 감싼 고요함이 수희의 마음을 점점 차분하게 만들었다. 피부병이 생긴 뒤, 어디에서도 느껴보지 못한 편안함이 수희의 가슴으로 찾아들었다. 마치 심해 한가운데에서 부유하는 기분이었다. 수희는 천천히 힘을 풀고 눈을 감았다.

그건 오늘 하루 수희가 진정으로 원한 시간이었다.

◆◆◆

수희는 바토리의 축복을 맹신했다. 그날 이후 피부가 눈에 띄게 호조를 보이며 회복되었기 때문이다. 매일같이 나아지던 피부는 이제 인스타그램 속 자신의 사진처럼 매끄러워졌고 피부 치료나 마음의 치유를 할 필요도 없을 정도가 되었다. 모든 것이 여자가 가져온 피를 향유처럼 첨가한 특별한 목욕물 덕분이었다.

수희는 새벽마다 목욕탕으로 향했다. 여자는 그 향수병을 소중히 다루었다. 수희는 그녀와 함께 신성한 의식을 치르는 동안 피의 출처를 절대로 묻지 않았다. 그것이 사람의 것이든, 동물의 것이든 궁금해하지 않으려 노력했다. 마치 알게 되면 모든 마법이 깨질 것만 같은 기분이 들어서였다. 중요한 건 피의 백작 부인을 추앙하고 숭배하는 마음이었다.

온화한 바람이 수희의 뺨을 간지럽혔다. 겨울의 한가운데였으나 따뜻한 바람은 봄이 오기 전 벌써 찾아온 듯했다. 수희는 길게 숨을 들이마셨다. 역시 살아 있길 잘했다. 누군가에게 무해한 존재로 여겨진다는 것. 그것이 삶에 평화를 가져다준다는 것을 수희는 이제 매 순간 느꼈다.

카페 통창 너머로 이진의 옆모습이 보였다. 수희는 입구 앞에 서서 마지막으로 파우치에서 거울을 꺼내 얼굴을 점검해보았다. 뽀송뽀송하고 매끈한 복숭아가 따로 없었다.

이진에게 먼저 연락이 온 건 수희가 바토리의 축복을 받은 지 3주째 되는 날이었다. 그 뒤로는 모든 것이 자연스럽게 진 척되어 지금의 연애까지 이어졌다. 한 차례 데이트 후에 이진 이 먼저 고백을 해왔고, 수희는 오래 고민할 것 없이 이진의 손을 잡았다. 그저 지난 자기 잘못까지 포용해 주는 이진이 애 틋하고 고마울 따름이었다.

"아직 커피 안 시켰네?"

"자기 오면 같이 시키려고 했지. 일할 곳 좀 찾아보느라."

"괜찮은 곳 있어?"

"아직 잘 모르겠네. 저번에 너한테 빌린 돈도 다 써가는데 얼른 구해야지. 우리 커피 시킬까?"

"아, 그래. 라테 마실 거지?"

수희가 짐을 내려놓고 이진에게 물었다. 이진은 고개를 끄 덕이고 말했다.

"응. 케이크도 부탁해."

"알겠어. 잠시만."

둘 사이에 지갑을 여는 건 언제나 수희였다. 그건 상관없었 다. 화려한 겉모습과 달리 사연이 많은 이진에게 수희는 연민 과 일종의 동질감을 느꼈고, 이진이 자신을 포용해 준 만큼 되

돌려줘야 한다고 생각했다. 수희는 픽업 대에서 커피를 기다리며 이진이 건넨 고백을 다시금 떠올렸다.

"자세히 말하지는 못하지만…… 가정사 때문에 버는 돈을 모두 엄마에게 보내고 있어. 간간이 협찬이나 광고가 들어오긴 해도 그걸로 먹고살기에는 턱없이 부족해. 나는 그리 유명한 사람도 아니니까. 그래도 내가 좋다면, 날 받아줄 수 있겠어? 널…… 좋아하는 것 같아."

수희는 이해할 수 있었다. 모든 인간을 속속들이 들여다보면 다들 힘든 사정이 하나씩은 있을 테니까. 일주일에 한 번, 그를 만나고 헤어질 때마다 수희는 이진의 눈동자를 가만히 바라보았다. 그러면 그 속에 담긴 특별함이 보였다.

점점 더 그에게 필요한 존재가 되었으면 하는 마음이 커졌다. 그러니 틈을 보이면 안 됐다. 수희는 메이크업에 많은 시간을 할애했다. 나머지 틈은 자신의 이름으로 대출을 받아서 주고 또, 생활비를 보내주는 것으로 메꾸었다. 이진을 깊이 사랑하는가, 스스로에게 물어보면 확신할 수는 없었지만 이진과 이 관계를 유지하고 싶다는 마음만은 확신할 수 있었다.

"우리 오늘 여행 계획 짜야 하는 거 알지?"

수희가 가방에서 다이어리와 볼펜을 꺼내며 말했다. 이진과 처음으로 함께 볼 제주도의 푸른 바다를 상상하니 벌써 온몸이 근질거렸다. 돌아오는 대답이 없어 옆을 보자 케이크를 다 먹어치운 이진이 휴대폰에 시선을 고정하고 있었다.

"듣고 있어?"

"응. 리셀가 개올랐네. 저번에 당첨된 거 샀어야 했는데."

"응? 무슨 말이야?"

수희가 다시금 물었지만 이진은 묵묵부답이었다. 수희가 이진의 팔을 두어 번 잡고 흔들자 그제야 그는 휴대폰을 보여주었다. 화면 속에는 금속 재질의 로고가 붙어 있는 운동화가 있었다.

"저번에 발매된 거."

"아아. 이거……."

기억났다. 한정판 신발 러키 드로.

"하, 속상하네."

이진이 수희 어깨에 머리를 비비며 말했다. 금세 화제는 신발로 전환됐다. 수희는 다이어리를 테이블 위에 내려놓았다. 여행 계획은 하나도 짜여 있지 않았지만 아직 남은 시간은 많았고, 무엇보다 이진이 이런 행동을 할 때마다 수희의 마음은 누그러졌다. 그는 충분히 사랑스러운 존재였다.

"그러게. 샀으면 좋았겠다. 저번에 빌려준 돈 다 썼어?"

"그거 다 쓴 지가 언젠데. 돈 없어서 요새 맨날 굶어……."

살 돈도 없으면서 왜 당첨자에게 증정이 아닌 구매권을 주는 이벤트에 응모한 건지 이해할 수는 없었지만 수희는 아무 말도 하지 않았다. 다만 물질적으로 도움이 되어주는 건 이제 수희도 조금 지친 상태였다. 프리랜서로 외주를 받는 번역 일도 그렇게 많은 수입이 있는 건 아니었다. 수희는 말없이 이진의 얼굴을 살살 쓰다듬었다. 잡티 하나 없는 깨끗한 피부는 이진의 매력 중 하나였다.

"왜 웃어?"

이진이 물었다.

"응? 피부가 너무 좋아서."

그는 한숨을 푹, 쉬더니 힘주어 말했다.

"그게 아니라고. 중요한 건 그게 아니야. 내가 당첨된 신발 하나 살 돈이 없다는 거지. 돈이 있었다면, 저번에 너 목걸이 잃어버렸잖아. 그것도 내가 새로 사줬을 거야. 장담할 수 있어. 그리고 우리 여행비라도 조금 보탰을 텐데……. 이번에도 네가 전부 냈잖아. 진짜로 속상하다."

이진이 계속해서 아픈 강아지처럼 끙끙거렸다. 수희는 그를 달래듯이 물었다.

"그거 내가 사줄까?"

"지금은 끝났지, 자기야. 이건 지금 돈 줘도 못 구해. 아이고, 그런 것도 모르면 어떡해요. 아, 사고 싶은 신발이 있긴 있어."

결국 수희는 꼼짝없이 이진이 보여주는 새로운 신발을 봐야만 했다. 신발은 사소한 디테일 차이로 금액이 훌쩍 뛰었고 그 점이 수희에게는 놀라울 뿐이었다. 수희는 머릿속으로 이번 달 남은 생활비를 계산했다. 금세 생기를 되찾은 이진이 들뜬 목소리로 물었다.

"이거 죽이지?"

"응. 예쁘네."

수희는 커피를 쪼옥 빨아들였다. 그 순간, 무심코 고개를 돌리다 바라본 창밖으로 여자가 지나갔다. 엉덩이 아래까지 내려오는 길고 까만 생머리와 부서질 듯 가녀린 몸. 그 여자가 확실했다. 수희는 쉴 새 없이 떠드는 이진의 말에 대꾸하면서도 시선으로는 그녀를 좇았다. 여자가 자신을 알아봐 주길 은근히 기대했지만, 그녀가 몸을 돌려 카페 안을 들여다볼 리는 없었다. 곧 여자는 시야에서 멀어졌다.

잠시 스쳐 지나간 꿈꾸는 듯한 여자의 얼굴이 수희의 머릿

속에 하루 종일 어른거렸다. 그리고 미미하게 풍기던 피 냄새
도 함께.

그날 새벽, 여자는 목욕탕에 오지 않았다. 다음 날도, 그다
음 날도. 마치 처음부터 존재하지 않았던 것처럼 여자는 세상
에서 사라졌다. 죽은 걸까? 수희는 여자의 안부가 궁금한 것
보다 바토리의 축복이 거두어질까 염려했다. 여자가 가져다
주는 피가 섞이지 않은 냉탕은 그저 차가운 물에 불과할 것이
었다.

불안함을 떨치지 못한 수희는 어느 날 인터넷 카페에서 햄
스터를 무료로 분양받아 죽이고 그 피로 목욕을 했다. 피부는
여전히 빛났지만 햄스터의 피가 정말로 효과가 있는지는 확
신할 수 없었다. 오히려 그날부터 악몽을 꾸기 시작했다. 꿈속
에서는 여자가 수희와 함께 고양이의 배를 가르며 특별한 의
식을 거행하고 있었다.

수희는 여자의 이름이나 연락처조차 몰랐다. 생각해 보면
둘 사이에는 그런 사적인 정보가 오간 적이 없었다. 그건 여자
와 수희 사이의 암묵적인 규칙이었다. 게다가 언제나 목욕탕
에는 그녀가 있었으니까 수희는 궁금하지 않았다. 그녀가 누

구든, 어디에서 온 존재든 상관없다는 뜻이었다.

　점점 피부에 대한 수희의 집착은 강박으로 변했다. 피부 관리 숍에 가서 가장 비싼 회원권을 끊고, 각종 시술을 받으며 깨끗한 피부를 유지하기 위해 노력했다. 이진은 미끄러질 것 같다며 수희의 피부를 찬양했다. 그 노력에 보답하듯 바토리의 축복은 거두어지지 않았다. 며칠 동안은.

　"꺄아아아아아아악!"

　습관처럼 집어 든 손거울을 떨어트린 수희는 깨진 유리 조각이 발등에 선혈을 만든 것도 모른 채 비명을 질렀다.

　잊어버린 절망감이 다시금 폭발하듯 수희의 내부에서 터져 나왔다. 거짓말처럼 또다시 고름이 얼굴을 장악했다. 하루아침에 일어난 일이었다. 붉은 표피에 감싸인 기름 같은 시커먼 고름은 수희의 삶을 몇 년간 지옥으로 만들었던 그것들이 맞았다. 수희는 바닥에 주저앉아 악을 질렀다. 돌연 구역감이 밀려와 화장실로 달려가 변기를 붙잡았다.

　"우우욱!"

　지난날, 여자는 바토리의 축복을 유지하기 위해서는 정성이 필요하다고 했다. 피의 백작 부인이 아름다움을 보존하고

자 주기적으로 소녀들을 죽이고, 악마에게 빌었던 것처럼. 수희 또한 정성을 들였다. 나름대로 할 수 있는 최선을 다했다고 생각했다. 그러나 무언가 잘못된 방향인 것은 분명했다.

얼굴을 더듬거리며 흐느끼던 수희는 벌떡 일어나 부엌칼을 들고 허겁지겁 세면대로 달려갔다. 충동적으로 자신의 손바닥을 베었다. 짧은 신음을 내뱉은 동시에 세면대에 받은 차가운 물 위로 따뜻한 피가 주룩 흘렀다. 선홍색 물을 양치 컵에 가득 담아 머리끝부터 들이부었다. 비리고 찝찔한 맛이 혀에 맴돌았다.

하지만 달라지는 것은 없었다.

－그 여자, 그 여자를 찾아야 해.

하지만 그 여자를 어떻게 만나야 할지 달리 방법이 없었다. 수희는 얼굴을 꽁꽁 싸맨 채 목욕탕 앞을 배회하기 시작했다. 좁은 골목에 자리를 잡고 서서 오가는 사람을 주시했지만, 이른 오전 시간대에는 모두 출근하는 직장인들뿐이었다. 주머니에서는 쉬지 않고 진동이 울렸다. 확인해 보니 수희가 오전까지 완료된 번역 원고를 보내주기로 한 담당자였다. 수희는 메시지로 어젯밤 장염 때문에 갑작스레 입원했다고 보냈다. 휴대폰은 몇 분 뒤 다시 울렸다. 이번에는 이진이었다.

[저번에 말한 신발. 여기서 구매하면 돼! 그리고 월세가 안 들어왔다고 집주인한테 자꾸 연락이 오는데 혹시 안 보냈어?]

메시지와 함께 온 건 복잡한 주소의 구매 링크였다. 수희는 짜증스레 그의 메시지를 읽었다. 망할 놈의 신발, 신발, 신발. 입에서 욕이 절로 새어 나왔다. 갑갑함이 치솟은 수희는 휴대폰을 종료해 버렸다.

"전반적으로 세균에 의한 염증이 발생한 거네요. 상태가 이렇게 될 때까지 왜 병원에 안 왔어요. 우선 치료 조금 받고 가시고 항생제와 연고를 처방해 드릴게요. 일주일 후에도 차도가 없다면 다시 병원에 방문해 주세요."

의사가 건조한 목소리로 말했다. 3여 년 전, 수희가 병원을 처음 방문했을 때 들었던 소리와 전체적으로 같았다. 생각해 보니 그때도 이 병원을 방문했었다.

"치료랑 연고는 효과가 별로 없더라구요. 오늘은 항생제만 처방받을게요."

수희가 말하자 의사는 수희의 얼굴을 유심히 보다가 떨떠름한 목소리로 대답했다.

"그럼 그러세요."

약국에서 약을 처방받고 나오는 길에 수희는 꺼놓았던 휴대폰을 켜보았다. 이진에게 메시지가 와 있었다.

[메시지 확인했어? 답장 좀.]

[미안. ㅠㅠ 아침에 갑자기 피부가 뒤집어져서 급하게 병원 오느라 정신이 없었어.]

[아. 무슨 일 있나 걱정했어. 링크는 봤지?]

[응. 이따가 주문할게. 집이야?]

[그렇지. 이 시간에 어딜 가. 근데 피부가 많이 안 좋아졌어? 자기 세안제부터 바꿔야겠다. 여자가 피부 관리를 잘하셔야지요. ㅎㅎ.]

[그래서 말인데, 우리 여행을 좀 미뤄야 할 것 같아. 이대로는 어디 다닐 수도 없어……. 너도 보면 아마 많이 놀랄 거야.]

수희는 이진에게 이 얼굴을 보여줄 생각이 추호도 없었다. 어떻게든 여자를 찾아 피부를 원래대로 돌려놓은 후에 그를 만날 생각이었다. 그럼 수희의 삶도 원상 복귀 될 수 있었다. 어떤 것도 포기하고 싶지 않았다. 피부도, 사랑도.

눈앞의 카페에 들어가 아이스 아메리카노를 주문한 수희는 커피와 함께 약을 모두 입에 털어 넣었다. 잠시 자리에 앉아 한숨을 돌리자 손바닥과 발등이 아팠다. 슬리퍼 아래로 길게 그어진 상처가 눈에 들어왔다. 차라리 얼굴이 아니라 발에 저주가 내렸다면 나았을 텐데.

약국으로 돌아가 연고를 사야 하나 고민하고 있던 차에 이진에게서 답장이 왔다. 분명 그라면 이 타이밍에 전화를 걸었을 텐데 메시지가 온다는 게 의아했다. 수희는 마음의 준비를 하고 이진이 보낸 장문의 메시지를 읽어 내려갔다. 그런데 화를 낼 것이라 짐작했던 것과 달리 이진은 따뜻했다.

[나는 네가 어떤 얼굴이든 상관없어. 어떤 병에 걸렸어도 상관 안 해. 절대 놀라지 않을 거고 우리 사이가 달라지지도 않을 거야. 너를 사랑하는 내 마음 또한. 왜냐면 너는 내면이 아름다운 사람이니까. 그러니까 우리 여행은 미루지 않았으면 해. 둘만의 추억을 쌓고 오기로 했잖아. 난 정말로 상관이 없는데, 다시 한번 생각해 주겠어? 보고 싶어.]

수희의 눈가에 눈물이 고였다. 머리를 세게 한 대 맞은 듯 정신이 들었다. 그래, 우리가 사랑하게 된 이유는 단지 외모뿐만이 아니잖아. 물론 그의 외모에 끌렸던 건 사실이지만, 그게 전부는 아니듯이 이진 또한 그럴 거야. 우리는 서로를 성장시켜 주고, 이해해 주는 관계야. 아픔까지도 보듬어줄 수 있는 게 우리야. 사랑이란 그런 거니까.

탈피, 키스

수희는 곧바로 월세를 입금하고 이진의 신발을 주문했다. 그런 다음 약봉지를 손에 쥐고 일어나 약국 대신 마트로 향했다. 스테이크용 고기도 사고, 파스타 면과 디저트로 먹을 딸기도 샀다. 지금 여자를 찾는 것보다 더 중요한 건 이 사랑을 지켜야 한다는 거였다. 수희는 그것을 깨달았다. 조금 두렵지만 용기를 내어 이진에게 자신의 상태를 보여주고 도움을 요청할 생각이었다. 그렇다면 둘의 믿음이 한층 더 두터워질 거였다. 물론 모든 비밀을 말해주지는 않겠지만.

무거운 장바구니를 들고 이진이 사는 빌라 앞에 도착한 수희는 심호흡을 했다. 빠르게 4층으로 걸어 올라가 그가 사는 집의 벨을 눌렀지만 응답이 없었다. 분명 집에 있다고 했는데 이상했다. 전화를 할까. 왠지 그를 깜짝 놀라게 해주고 싶어 수희는 기다리기로 했다. 그러다 문득, 그가 담배를 피우기 위해 옥상에 있을지도 모른다는 생각이 일었다. 수희는 마스크를 추켜올린 후 옥상으로 향하는 계단을 올랐다.

옥상으로 이어진 녹슨 문이 반쯤 열려 있었다. 수희는 고개만 살짝 들이밀며 어둑해진 바깥을 둘러보았다. 그러자 한쪽 난간에 몸을 기댄 이진의 형상이 보였다. 수희의 입가에 미소

가 걸렸다. 이진은 수희가 끼어들 틈을 주지 않고 평소보다 들
뜬 목소리로 누군가와 통화 중이었다.

"응? 잠시만, 못 들었어. 뭐라고?"

상대편의 목소리가 어찌나 큰지, 수희의 귀에도 들릴 정도
였다. 무언가 무척 재밌는 대화를 나누고 있는 듯했다.

"아아, 그 목걸이? 별로 비싸게도 못 받았다. 무슨 제 말로는
브랜드 제품이라더니 그냥 싸구려더라고."

그를 부르려던 수희는 멈칫하며 손을 무르고 다시 그의 대
화에 귀 기울였다.

"멍청한 게, 왜 잃어버렸냐고 다그치니까 정말 잃어버린 줄
알아. 그래도 앞으로 계속 빨아먹을 수 있을 듯? 뭔 피부가 아
작 났다는데 관심도 없고, 공짜 여행으로 힐링이나 하고 와야
지. 뭐? 야, 내가 돈을 왜 써. 대가리에 총 맞았니? 현금인출기
가 있는데. 조금 우니까 대출도 받아주던데? 이게 뭐가 심해.
더 나쁜 것들한테 걸리느니 차라리 나한테 당하는 걸 감사해
야지."

이진이 담배를 쓰읍 빨아들이고는 다시금 킬킬 웃으며 말
했다.

"사랑은 무슨. 뒤질래?"

그 순간, 수희는 현기증이 일었다. 자신이 들은 게 대체 무엇인지, 저 사람이 내가 아는 그 사람이 맞는지, 그러니까 지금 대화의 화살이 자신을 향한 게 맞는지 혼란스러웠다. 무릎을 붙잡으며 조금 휘청이니 젖혀진 문이 계단 쪽 벽에 쿵, 하고 부딪혔다. 심장이 발끝까지 내려앉았다.

그가 이쪽을 돌아보는 게 느껴져 수희는 빠르게 계단을 뛰어 내려갔다. 지금 당장 그를 마주할 자신이 없었다. 화를 내야 하는데 오히려 도망가고 있었다. 계속해서 숨이 차오르자 눈앞의 계단이 여러 개로 마구 일렁였다. 장바구니를 끌어안은 수희는 혼미한 정신으로 빌라를 빠져나갔다.

눈을 떴을 때에는 집이었다. 이미 하룻밤이 지난 건지 햇빛이 이불 위로 내려앉았다. 수희는 침대에 걸터앉아 창문을 멍하니 바라보며 어디서부터 어디까지가 현실인지 분간하려 애썼다. 바닥에는 쏟아진 장바구니에서 나온 식재료들이 나뒹굴고 있었다.

꿈이기를 바랐지만 모든 것이 현실이었다. 다친 건 마음인데 몸이 쑤시고 아팠다. 그의 말이 마치 잘게 깨진 유리 조각처럼 전신에 박힌 기분이었다. 수치심, 모멸감, 배신감. 뭐 그런 감정을 견디며 집까지 달려왔던 것 같다. 그렇게 기억을 더 듬으며 물을 마시던 수희는 와중에 여자를 만났던 것을 떠올렸다.

분명 그 여자였다. 골목 어귀에 서 있던 여자의 피부는 노인처럼 쭈글쭈글했다. 아름다운 외모는 온데간데없이 사라지고 검버섯이 얼굴을 뒤덮어 흉측하게 변한 몰골로 그녀는 달려오는 수희를 바라보고 있었다. 수희는 여자를 마주하고 무너지듯 바닥에 주저앉았다. 모든 충격이 한 번에 들이닥쳐 감당이 되질 않았다. 여자는 수희의 머리를 쓰다듬으며 말했다. 그녀에게서는 지독한 오물 냄새가 풍겼다.

"어둠은 빛의 부재라는 말을 알아요? 저주 또한 축복의 부재예요. 바토리 님이 노하셨고 축복을 거두어 가셨어요. 어떡하죠? 삶이 저주로 변했나요? 그건 정성을 들이라는 뜻이에요. 이제 나 혼자만으로는 부족해요. 울지 말아요. 당신도 정성을 들이면 되니까요. 아니, 당신도 해야만 해요. 바토리 님이 우리에게 행하신 광대한 역사를 생각해 봐요. 고작 작은 정성으로 축복이 유지될 것 같나요? 당신의 비통함은 고작 그 정도의 깊이인가요? 믿는다면 움직여야 해요. 찌르고, 흐르면,

탈피, 키스

공유해야 해요. 꺄하하하. 두렵다고요? 흉측한 얼굴로 평생 살아가는 건 마음이 편안한가요? 명심해요. '아름다운 사람의 피'여야만 해요. 자, 이 병을 받아요. 그것을 여기에 담아야 해요. 할 수 있죠?"

"……네."

＊＊＊

"잠깐 멈춰봐. 나 이거 사진으로 찍을래."

이진이 찍은 사진 속 길쭉한 표석에는 '가파도'라는 글자가 정갈히 새겨져 있었다. 수희는 이진을 따라 자신도 돌 사진을 찍었다. 그를 찍어주는 것보다 돌을 찍는 게 더 나았다. 자전거는 다시금 나아갔다. 녹슨 페달이 끼긱거리며 우는 소리를 냈고, 옆쪽으로는 미지의 깊은 바다가 출렁이며 광활한 풍경을 자아냈다.

[당분간 치료로 바쁠 것 같아. 그 대신 이번 여행은 나 혼자 계획을 짜볼게. 너에게 고맙기도 하고, 특별한 기억을 남겨주고 싶어.]

수희가 그렇게 말했을 때 이진은 만족했다. 수희는 이곳에서 모든 것을 끝낼 생각이었다.

"이제 슬슬 들어갈래. 겨울은 겨울이다. 나 너무 추워."

담배를 바닥에 비벼 끈 이진이 몸을 부르르 떨며 말했다. 수희는 그의 얼굴이 이제는 더 이상 사랑스럽지도, 귀엽지도 않아 보였다. 그래서 다행스럽기도 했다.

"그래. 들어가서 씻자."

"근데 답답하지도 않아? 하루 종일 모자랑 마스크로 얼굴을 꽁꽁 가리고는. 그렇게 피부병이 심해? 어차피 들어가서 씻으면 보게 될 텐데 그냥 지금 벗지 그래?"

그가 수희의 모자를 벗기려고 손을 뻗었다. 수희는 이진의 손을 살짝 쳐내며 말했다.

"아니, 괜찮아."

"뭐?"

"그냥 숙소에 들어가서 바로 씻을래. 우리 얼른 들어가자. 추우니까."

그게 무엇이든 수희에게 거절당했다는 사실에 이진의 속이 금세 뒤틀렸다. 평소라면 고분고분하게 따랐을 수희가 오랜만에 만나니 다른 사람 같았다. 크게 걱정하지는 않았다. 조

탈피, 키스

금만 달콤한 말을 속삭이면 또 꼬리를 살랑살랑 흔들며 명령에 따를 것이 분명한 수희였다. 이진에게 수희는 아직 뜯어먹을 게 많은 여자였다. 걸어가는 수희의 뒷모습을 물끄러미 바라보던 이진은 그녀를 한 번 용서해 주기로 하고 카메라를 켜 바다를 찍었다.

숙소는 가파도 안에서도 인적이 드문 곳에 있는 독채 펜션이었다. 오션 뷰가 넓게 펼쳐진 통창이지만 블라인드를 치면 누구에게도 간섭받지 않고 하룻밤을 보낼 수 있을 만했다. 그러니까, 이 안에서 무슨 일이 일어나더라도 아무도 보지 못하고 듣지 못할 것이다.

수희는 모든 조건을 꼼꼼히 따져보고 숙소를 예약했다. 크고 튼튼한 욕조가 구비되어 산뜻하게 목욕할 수 있을 만한 곳으로. 수년간 피부 치료를 위해 정보 수집에 통달한 수희에게는 어렵지 않은 일이었다. 오히려 즐거웠다. 모든 상황이 마치 오늘을 위해 순차적으로 거쳐온 단계 같다는 생각도 들었다.

펜션 거실에는 소파와 화장대, 장식장 등이 놓여 있었고, 한쪽으로 커플을 위한 대형 스파 욕조가 있었다. 이진은 부드럽게 수희를 뒤에서 끌어안았다.

"……욕조에 물 받아놓을까?"

수희가 말했다.

캐리어 가장 밑바닥에는 여자에게서 받은 빈 향수병이 들어 있었다. 수희는 그것을 소중히 꺼내 들어 화장대 위에 전시했다. 앤티크한 장식이 이곳의 근사한 분위기와 잘 어울렸다. 허리를 숙이고 뚜껑에 입을 맞췄다. 침대에 누워 휴대폰으로 게임을 하는 이진은 수희가 뭘 하든 관심이 없는 듯했다.

욕망을 호소하듯 얼굴이 가렵기 시작했다. 수희는 얼굴을 일그러트리다가 곧 우아한 걸음걸이로 펜션 안을 돌아다니며 구석구석 둘러보았다. 도구를 골라야 하는데. 펜션에 망치나 전기톱 같은 게 있을 리 없다. 수희는 주방으로 발걸음을 옮겨 천천히 훑어보았다. 깊게 고민할 것 없이 식칼이었다.

"뭐 해?"

방에서 이진의 목소리가 들려와 수희는 다정하게 대답했다.

"응, 정리부터 하려고. 캐리어."

주방 싱크대 위에 붙은 작은 창문이 미세하게 떨렸다. 창문을 살짝 열자 찬 기운이 안으로 밀려들었다. 수희는 눈을 감고 바토리의 의식을 상상했다. 그에게 잔인한 처사일까? 아닐 것이다. 그는 이미 한 번 선홍빛 입술로 나를 갈기갈기 찢어놓지 않았나.

수희는 욕조로 걸음을 옮겼다. 얼음장 같은 물이 욕조에 차오르기 시작했다. 수희는 멀거니 지켜보며 그 앞에서 조용히 합장했다.

이진이 마시던 맥주를 탁, 내려놓고 거실로 나왔다. 첫 여행을 기념하는 와인이라도 준비해 놓을 줄 알았건만, 먹을 것은 하나 없고 찬 바람만 쌩쌩 불어왔다. 게다가 수희는 마스크와 모자를 아직도 쓰고 있었다. 대체 지금까지 뭘 한 거지? 금세 이진의 속이 답답해졌다. 뒤돌아 서 있는 수희를 날카로운 눈빛으로 흘겨보던 이진은 욕조로 시선을 옮기고 발을 뻗었다.

"뭐야! 왜 이렇게 차가워! 이렇게 차가운 물에 어떻게 들어가?"

냉탕이나 다름없는 차가운 물에 이진은 기가 찬다는 듯 고개를 돌려 수희의 뒷모습을 바라보았다. 수희는 아무 말이 없었다.

"야, 한수희. 내 말 듣고 있어?"

"……"

"뭐 해!"

화장대 앞에 서 있던 수희가 천천히 몸을 돌리며 서늘한 목소리로 말했다.

"개새끼."

"뭐?"

이진이 성큼성큼 걸어와 수희의 어깨를 움켜잡았다.

"방금 뭐라고 했어? 수희야, 내가 잘못 들은 거야?"

"……."

"갑자기 대체 왜 이래?"

이진이 당혹스러운 얼굴로 수희를 바라보았다. 아무것도 모르겠다는 표정이었지만 정말로 아무것도 모르지는 않았다. 자신의 속내에 대해 그녀가 무언가를 알게 된 거라면 대충 넘어가 주기를 바랐다. 지금 당장 이 관계가 끝난다 해도 잃을 건 없었으나 끝낼 거라면 뒷말 없이 깔끔하게 끝내고 싶었다. 추후에 피곤해지는 문제가 발생한다면 곤란했다.

모자에 가려진 수희의 시선은 이진에게서 떨어지지 않았다. 이진은 수희의 마스크를 벗기기 위해 손을 뻗었다.

"너 어디서 뭘 들었길……. 악!"

수희가 화장대에 미리 올려둔 식칼을 사용해 그의 오른쪽

탈피, 키스

팔을 한 차례 그었다. 날 선 감각이 팔을 스치자 이진은 몸을 방어적으로 말았다.

"아악! 씨발! 뭐 하는 거야!"

"기분이 어때?"

"뭔 개소리야!"

수희는 몸을 수그린 그에게 한 걸음 다가섰다. 그제야 상황이 장난이 아니라는 걸 느낀 이진이 수희를 제압하려 했지만, 칼을 쥐고 있는 사람에게 적극적으로 대항하기는 힘들었다. 당황스러운 와중, 수희가 이번에는 이진의 왼팔을 그었다.

"아오 씨발! 이게 진짜 미쳤나!"

"아프니?"

"너 이거 살인미수야. 멍청한 년이 알긴 알아? 너 지금 판단 잘해라. 네가 지금 이러는 거 나는 용서 안 해."

"하지 마. 나도 안 할 거니까."

수희가 그의 앞에서 마스크와 모자를 벗었다. 고름으로 가득 끓어오르는 얼굴이 드러났다. 이진은 괴물이라도 마주한 듯 소리를 지르며 뒤로 철퍼덕 주저앉았다. 너 뭐냐고, 당신 누구냐며 말을 더듬었다. 칼에 베인 것보다 수희의 얼굴이 더 놀라운 듯했다.

"너…… 너, 너 수희 맞아? 얼굴이 왜 그래?"

이진은 손바닥으로 흐르는 피를 막다가 얼굴이 하얗게 질려 애원하듯 말했다.

"우리 화난 거 있으면 말로 하자. 즐겁게 여행까지 왔잖아. 혹시 내가 돈 좀 빌렸다고 그러는 거야? 다 갚을 테니까, 아니다. 나에게도 네가 모르는 사정이 있었어. 다 설명할 테니까 잠깐 내 말만 들어주면 안 돼?"

그가 수희를 향해 손을 뻗었다. 축 처진 눈썹이 간절하기 짝이 없었다.

"자기야. 제발. 날 죽이더라도 마지막으로 내 말은 들어줘."

"……"

"아무 짓도 안 할게. 제발 나 좀 일으켜 줘. 발목을 삔 것 같아."

수희가 무심코 손을 뻗었다. 그러다 무언가를 알아챘지만, 때는 이미 늦었다. 수희의 손목을 낚아챈 이진이 순식간에 일어나 수희의 정강이를 차서 넘어뜨렸다. 수희는 쥐고 있던 식칼로 빠르게 이진의 종아리를 그었다.

"으악!"

그가 신음을 뱉으며 수희의 손목을 발로 밟았다. 챙그랑, 소리가 나며 식칼이 바닥을 굴렀다. 곧바로 몸을 낮춘 이진이 누운 수희의 멱살을 잡고 주먹으로 얼굴을 가격하기 시작했다. 그러고는 허리를 세우고 바닥에서 몸을 트는 수희의 머리를 노리고 밟아댔다. 둔탁한 타격 음이 펜션 안에 불규칙적으로 울렸다.

"괴물 같은 년. 몸이나 대주고 돈이나 대주면 될 거를 왜 이렇게 사람을 피곤하게 만들어. 아이 씨, 진짜 죽는 줄 알았네."

이진은 엎드린 수희 앞에 서서 숨을 헐떡였다. 몇 분 뒤, 지혈을 마친 그가 식칼을 쥐고 의자를 끌고 와 수희 앞에 앉았다. 발끝으로 수희를 툭툭 건들며 일어나라고 명령했다. 정신을 잃은 척했으나 그의 행동을 이전부터 지켜보고 있던 수희는 말없이 자리에서 일어나 뒤로 주춤주춤 물러섰다. 자연스럽게 화장대에 몸을 기대고 서서 그에게 경멸 어린 시선을 보냈다.

"벗어."

그의 한 손에는 휴대폰이 들려 있었다. 수희는 무언가를 예감하고 팔을 뒤로 보내 향수병을 꼭 쥐었다.

"네가 오늘 한 짓 다 용서해 줄게."

"……."

"그런데 말이야, 내가 앞으로 살아가려면 평판이 중요해서. 너도 잘못한 게 있잖아? 나 지금 팔이 존나 아프거든. 그러니까 벗어."

카메라의 플래시 불빛이 수희의 몸을 훑었다.

"벗으라니까? 네가 이상한 소문만 안 내면 아무도 못 볼 거야."

수희가 희미하게 웃으며 고개를 저었다.

"이년이 웃네. 너 내가……."

이진이 걸어와 수희의 옷을 강제로 벗기려는 찰나였다. 일순간에 피가 솟구치며 사방으로 튀었다. 빨간 꽃봉오리를 새긴 수채화처럼, 새하얀 욕조의 안쪽이 빨간 핏방울로 툭툭 물들어갔다. 말을 잇지 못한 이진이 목을 부여잡으며 무너졌다. 수희의 손에는 피가 묻은 향수병이 있었다.

"그래, 그럼. 용서해 줘."

뚜껑에 달린 단검 장식으로 이진의 목을 그어버린 수희가 향수병을 내려다보며 말했다. 울컥울컥 쏟아지는 제 피를 바라보며 이진은 몸을 부르르 떨었다. 그의 옷이 금세 붉은 피로 젖어들었다. 제주의 겨울은 추웠다. 수희는 절뚝대며 창문으로 걸어가 블라인드를 치기 시작했다.

탈피, 키스

이진의 몸이 차갑게 식기 전, 수희는 그를 준비된 욕조 안으로 풍덩 집어넣었다. 그런 다음 그의 등을 받치고 욕조 안에 앉아 목에서 뿜어져 나오는 피를 향수병에 담았다. 반투명한 유리 너머로 반짝이는 선혈이 가득 채워졌다. 수희의 온몸에 전율이 흘렀다. 이진의 불결한 영혼은 먼 곳으로 갔어도 그의 아름다움은 이 안에 차곡차곡 쌓여갔다. 수희는 알고 있었다. 이 아름다움이 영원하지는 못할 것이라고. 그러니 매번 지금처럼 정성을 들여야겠지.

어느새 욕조는 새빨갛게 변해 있었다.

수희는 향수병을 빙글빙글 돌리며 그의 피를 감상했다. 그러다가 미리 가져다 둔 와인 잔에 피를 따라 마셔보았다. 잠시나마 피의 백작 부인이 된 기분이었다. 씁쓸하고도 달콤한 맛이 혀끝에 맴돌았다.

"너도 마셔볼래?"

수희가 이진의 입에 와인 잔을 가져가며 물었다. 굳은 입술 사이로 빨갛고 선명한 피가 넘어가지 못하고 흘러내렸다. 수희는 까르르 소리 내어 웃었다. 어느새 길어진 까만 머리카락이 차가운 이진의 어깨를 휘감았다. 머리에서는 부드러운 비누 향이 났다.

수희는 향수병을 비우고, 계속 채웠다. 그러다 욕조의 물을 머리부터 들이붓고, 뺨에 문지르고, 마셨다. 오랜 시간이 흐른 후에는 천천히 뒤로 누우며 그 속으로 침잠했다. 가루처럼 부서지는 검은 고름이 얼굴에서 떨어져 나갔다. 한순간 물 밖으로 얼굴을 내민 수희는 긴 시간 어부를 기다려온 인어처럼 매혹적이었다.

몇 시간이 흐르자 매끈한 피부의 표피가 조각조각 떨어져 나갔다. 피를 가득 끌어안은 수희는 그럼에도 욕조를 벗어나고 싶지 않았다. 다시는 이 축복에서 멀어지지 않을 것이다. 그 말을 주문처럼 반복했다. 수희가 얼굴을 문지를수록 표피 아래 불그스름한 진피마저 가루처럼 부서지며 떨어져 나갔다. 오래된 각질이 벗겨지듯 아주 손쉽게. 수희의 얼굴에는 어느새 미끄러운 속살이 드러났다. 피와 같은 새빨간 근육이었다.

아름다움을 넘어선 희열에 다다른 수희는 자신의 속에 맴도는 중요한 감각을 느꼈다. 영원한 황홀감을 예감했다. 아득한 저편으로 진입하는 기분과 함께 여자의 웃는 목소리가 들려왔다. 수희는 눈을 천천히 깜빡이며 그 웃음소리를 들었다. 정신이 나른해져 고개를 젖히고 희뿌연 천장을 올려다봤다. 그저 이 축복이 소문나지 않기를 바랐다. 아무에게도 들키지 않고, 짧은 새벽보다 오래 도취된 채 있고 싶었다.

수희는 축 늘어진 이진의 목덜미에 짧은 키스를 남겼다. 고맙고 더러웠다는 말도 잊지 않았다. 의식이 점점 희미해져 갔고, 그의 모든 피가 빠져나가 욕조의 물이 넘쳐흐를 때까지, 수희는 그 안에서 오래도록 잠들어 있었다.

수레바퀴 소리가 들리면

백승빈

1

지금부터 내가 하는 이야기를 다 믿을 수는 없겠지만, 그 일이 벌어졌을 시기에 그들은 고작 열네댓 살의 소녀들이었다. 정확한 나이 따위는 궁금해할 이유도 마땅히 없을 테니, 따져 묻지도 말 것이다. 이미 100여 년이라는 시간이 훨씬 지난 후인 지금, 한때 이름도 없었던 이들 자매의 이야기를 기록하는 유일한 사람이 될 나 역시 제대로 알지 못하기에 속 시원히 대답해 줄 수 없는 탓이다.

그럼에도 내가 그들이 당시 고작 열네댓 살의 소녀라 확신할 수 있는 것은 나름대로 그 이유가 분명하다. 그것은 이렇게 오금이 저릴 정도로 무서운 데다, 정신을 쏙 빼놓을 만큼 기이

한 일들은 모름지기 그 나이 또래의 여자아이들에게만 찾아오고, 또 어울리는 법이기 때문이다.

이들 자매는 거의 쌍둥이처럼 외모와 목소리가 닮았고, 서로를 향한 유대감이 지나칠 정도여서 가끔씩 언니와 동생이 각기 다른 사람이란 사실을 잊어버리기까지 했다. 그것은 저마다 태어날 때부터 다섯 해를 넘기기 힘들 것이라는 주위의 경고를 무색하게 할 정도로 질긴 세월을 견디게 한, 그들만의 생존 방식이었다.

그러고 보면 이들 자매는 그때까지 참으로 힘든 인생을 가까스로 견디며 살아남았다. 그들이 얼마나 무자비한 가난과 고립, 끔찍한 학대로부터 살아남았는지를 기록하는 것만으로도 100일 밤을 하얗게 새워야 할지 모를 일이다. 이 지면에 그 하얀 밤들에 대해 이야기하는 것은 오로지 고통스러운 일이 될 뿐일 테니, 비유하자면 매일같이 귀싸대기를 맞고, 발로 채이거나 목을 잡히는 시간들이었다는 것 정도로만 언급하고 지나가겠다. 물론 그때는 막 태어난 갓난아이에게나 자리보전하고 누운 노인에게나 모두 똑같이 잔인한 시절이었지만, 당시 자매가 살던 곳은 겨울이 매섭기로 유명하고, 시도 때도 없이 가뭄이 드는 탓에 배곯은 사람들이 픽픽 죽어나가기가 예사인 평안도의 어느 어촌 마을이었다.

사실상 그곳을 '마을'이라 부를 수 있는지에 대해서도 확신할 수 없다. 그러니까 고작 열 군데 남짓한 움막들만이 두 리에 걸쳐 각기 드문드문 자리를 잡고, 이웃들끼리도 서로 왕래 없이 쓸쓸하고 각박하게 살았기 때문이다. 그러다 보니 이곳의 사람들은 이웃집의 식구가 몇인지, 장날이 오면 한 번씩 오다가다 보게 되는 그 집안의 자식이 사내놈인지 계집아이인지도 기억하지 못했다. 그리하여 이들의 삶에 어떤 믿을 수 없는 일들이 벌어져 간신히 죽다 살아났으며, 어쩌면 아예 죽고 없어졌는지 도무지 알 도리가 없었으리라.

하여튼 이들 자매의 일상은 생선을 말려 건어물로 만드는 아비(라고 부르는 작자)의 일을 하루 종일 돕거나(사실상 착취당한다는 것이 더 정확한 표현이겠지만 그들에게는 그런 개념조차 없었다) 앞바다의 갯벌이나 뒷산의 숲으로 질 나쁜 미역이나 돌조개, 말라비틀어진 채 땅바닥을 구르는 과실을 줍는 정도가 전부였다. 아비는 자매에게 그 흔한 이름 하나 지어주지 않고, 매번 이년아, 저년아, 라고만 불렀는데, 그때까지 이들 역시 자신들에게 왜 이름이 없는지 한 번도 궁금해하지 않았다. 언니와 동생, 그 사실만으로도 충분했던 것일까? 원래 이름이라는 것이 필요에 의해 만들어지고 불리는 법이라면 그들에게 이름이 없는 이유도 그런 맥락에서 짐작해야 할 것이다.

자매가 서로를 한 몸처럼 생각했던 배경에는 몹쓸 병이 들어 집밖으로 나올 수 없고, 숟가락 하나 자기 손으로 들 힘조차 없었던 어미의 탓도 있었다. 자매에게 어미는 그들이 갓난아이였을 때부터 방구석에서 아비가 떠먹여주는(정체를 알 수 없는) 풀죽과 욕시랄 욕지거리를 차고 넘치게 얻어먹으며 뻗어 있던 시체, 그 이상도 이하도 아니었다. 그런 어미가 가끔씩 한밤중이면 잠든 자매를 슬픈 눈으로 바라보며 눈치채기 힘든 한숨을 내쉴 때가 있었는데, 그때가 이들 모녀에게는 서로의 눈을 들여다볼 수 있는 유일한 시간이었다. 그럴 때마다 못 본 척 고개를 돌리며 다시 잠을 청하는 동생과는 달리, 언니는 폭삭 꺼진 어미의 두 눈을 그윽이 바라보았다. 그러고 나면 언니의 눈에서 한 방울 눈물이 소리 없이 주르륵 흘렀다. 그것이 모든 면에서 쌍둥이처럼 똑같았던 자매에게 있어 유일하게 다른 점이었다.

모든 면에서 약삭빠르고 자기 앞가림만 신경 쓰며 살아남았던 아비의 유전자는 틀림없이 동생이 물려받았을 것이고, 그나마 주어진 것에 만족하며 인내와 희생으로 삶의 고통을

수레바퀴 소리가 들리면

끌어안아야 했던 가여운 어미의 눈물은 언니가 고스란히 물려받았던 것이다. 동생이 보는 세상은, 셈이 빠르고 적당히 못되게 굴어야 살기 편한 곳이었고, 언니가 보는 세상은 사람에 대한 희망이 있고, 그 기대로 살아야 의미가 있는 곳이었다. 시간이 흘러 그 믿을 수 없는 일이 벌어졌을 때, 인간과 세상을 보는 이 유일하게 다른 점으로 인해서 이들에게 그토록 지독한 시련이 찾아오게 되리라고 당시의 자매는 짐작이나 할 수 있었을까. 하지만 또 그런 게 자매라는 사이가 아닐지. 한 몸처럼 태어나 어느덧 떨어져 살면서 절반이 잘려 나간 듯 서로를 느끼는 사람들, 그리하여 각자의 자리에서 영원토록 서로를 그리워하는 사이……. 나야 태어나길 외동의 사내로 태어났으니 그들의 사랑과 재회, 용서와 이별을 그렇게나마 뭉뚱그려 추측할 수밖엔 없는 입장이지만 말이다.

그리고 여기에서 이 가여운 어미에 관한 이야기만큼이나 가차 없는 것은 아비란 작자의 부박한 행동거지다. 그는 울음소리 대신에 육시랄 욕지거리를 내뱉으며 태어났을 것이라는 의심이 단박에 들 만큼 입이 험할뿐더러, 상대가 누구건 간에 힘으로 어르고 협박하여 먼저 기세를 잡아야 직성이 풀리는 그런 위험한 종류의 남자였다. 동시에 길눈이 밝고, 손과 발이 민첩하며, 셈에 밝은 약삭빠른 사람이었던지라 아무리 낯설고 척박한 환경에 데려다 놓아도 굶어 죽을 일은 없으리라 확신할 만큼의 끈질긴 생존력을 가지고 있었다. 그러니 정체 모를 풀죽 따위를 병든 아내의 주식으로 끓여 먹이며 십수 년 동안이나 숨이 붙어 있게 만든 것 아니겠는가. 물론, 그것이 죽기 몇 해 전부터 시체처럼 누워 지내던 어느 불쌍한 여자의 의지와는 일체 상관이 없는 것이었다 하더라도 말이다.

이렇게 가혹한 일상의 한가운데에서도 자매가 손꼽아 기다리는 것이 하나 있었다. 그것은 한 달에 여섯 번, 하루 꼬박 산을 넘어서 가야만 하는 마을에 오일장이 서는 날이었다. 마을의 장에는 자매를 흥분시키는 것들로 가득했다. 처음에는 아비가 시장 한복판에서 동네 패거리들, 입이 거친 상인들과 장사 터를 가지고 씨름하느라 마련된 얼마 동안이 자매에게 주어진 유일한 자유 시간이었다. 그리고 그때 자매가 시장 사람들에게 보여준 놀랄 만한 놀이로 인해 이 장삿속 넘치는 아비는 건어물 장사를 단박에 때려치워 버리고 말았던 것이다.

그러니까 이 자매는 그야말로 깜짝 놀랄 만한 이야기꾼들이었다. 열네댓 살이 될 때까지 글 한 자 제대로 읽고 쓰지 못

수레바퀴 소리가 들리면

하는 문맹으로 살았지만, 이들에게는 그 뿌리가 어디인지도 모를 만큼 환상적이기 짝이 없는 이야기를 지어내는 천부적인 소질이 있었던 것이다. 바다와 숲을 맨발로 뛰어다니며 썩은 과일과 말라비틀어진 나무 열매를 주워 먹으며 배고픔을 달랬던 그때, 그들이 릴레이로 지어내는 이야기 속에는 밤낮 배고픔과 목마름을 호소하는 아귀, 곡을 하며 서로를 찾아다니는 손각시와 도령신, 무거운 꼬리를 여럿 매단 채 낑낑대며 기어 다니는 여우, 투덜투덜 구시렁대며 구천을 헤매는 객귀들이 등장했다.

이틀에 한 번씩 아비가 노름하러 집을 비우면, 이들은 낮 동안 나뭇가지를 꺾어서 묶고 풀이파리를 매달아 만든 꼭두각시 인형을 호롱불 빛에 비춰 '그림자 인형극'을 했다. 서로 번갈아 가며 손각시와 도령신, 아귀와 객귀를 연기했는데, 언니보다 개구쟁이 짓에 좀 더 능숙했던 동생이 아귀 소리를 "꾸에엑! 꾸에엑!" 과장되게 낼 때마다 방구석에 누워 있던 어미가 웃음 섞인 기침을 내뱉었다. 그럴 때마다 자매는 더 신나게 이야기를 이어갔다. 객귀가 투덜대며 구천을 헤매고 다니는 이유가 죽은 자식이 묻힌 무덤의 위치를 기억하지 못해서라는 대목이 나올 때마다, 어미는 탄식하며 흐느껴 울었다. 그렇게 보면, 이 놀랄 만한 이야기꾼 자매의 탄생 배경에는 병든 어미가 훌륭히 해낸 관객 노릇에 대한 언급이 반드시 뒤따라야 할 것이다.

그 후로, 장이 서는 날에 아비는 한쪽 어깨에 그저 좌판에 깔아 '꼭두각시 그림자 인형극'을 보며 우물거리기 적당할 정도의 건어물만을 짊어지고, 다른 쪽 어깨엔 북을 걸친 뒤, 두 다리는 앞서 걷는 자매들의 궁둥이를 번갈아 때려가며 산 넘어 시장을 향했다.

어스름한 저녁이 오면, 시장 한구석에는 이야기꾼 자매의 목소리와 늙은 아비의 북장단이 울려 퍼졌다. 간이로 마련된 무대에는 천막이 처졌고, 바람이 불면 완전히 꺼져버려 앞사람 뒤통수도 보이지 않을 만큼 깜깜해지곤 하던 그곳에서 촛불 몇 개가 아슬아슬한 그림자를 만들어냈다. 간혹 바람이 불어와 불이 꺼지는 상황이 오면 사람들은 탄식과 야유를 보냈고, 누가 먼저라고도 할 것 없이 달려가 촛불을 켰다.

자매는 단 한 번도 똑같은 이야기를 만들어내는 법이 없었다. 간혹, 이전에 했던 이야기의 등장인물들이 나오기도 했지만, 그것은 그 후의 이야기로 시작되었고, 또 다음 편을 예고하며 끝이 났다. 그렇게 해서, 아비는 건어물 장사로 벌었던

돈의 스무 배를 매번 장에 올 때마다 벌어 갔다. 동이 트는 새벽에 집으로 돌아가면서, 그래도 양심은 있었던지 구릿빛 동전을 자매의 손에 하나씩 쥐어줬는데, 자매는 한 푼도 쓰지 않고, 자기들만이 알 수 있는 숲속 어딘가에 표식을 해두고 그 밑에 묻었다. 그 이유는 어렵지 않게 짐작할 수 있었다. 언젠가 그들은 이 지긋지긋한 집구석을 떠나게 될 테고, 모아둔 돈은 그때서야 비로소 쓸모를 발휘할 것이기 때문이다.

비록, 오일장에 올 때마다 다리가 휘청댈 만큼의 돈을 주머니 속으로 쓸어갔지만 아비는 바로 다음 날부터 그 돈을 고스란히 들고 노름장으로 떠났다. 이틀하고도 반나절이 꼬박 걸리는 일정이었다. 그리고 텅 빈 주머니와 함께 집으로 돌아올 때마다 아비의 입에선 또다시 이년아 저년아, 다음 장엔 좀 더 많이 벌어야 한다며 욕지거리를 쏟아냈다. 그런 일이 한 달이고 두 달이고 반복되는 동안, 어린 자매와 병든 어미는 여전히 정체를 알 수 없는 풀죽과 말라비틀어진 채 땅바닥을 구르는 과실을 주워 먹으며 겨우 목숨을 유지했고, 이런 상황은 도무지 나아질 기미가 보이지 않았다.

그곳 사람들은 어쩌다 한 번씩 마주치는 이웃집의 식구가 몇인지, 그 집안의 자식이 사내놈인지 계집아이인지 따위의 이야기에 귀 기울일 관심이라곤 없었지만, 누구 집에 돈이 얼마나 있고, 어떻게 벌어들였는지에 대한 소문은 그야말로 삽시간에 퍼졌다. 언제부턴가 자매의 집 주변에는 근처 마을에서 온 삼삼오오의 패거리들이 수시로 들락거리며 아비의 행방을 물었으며 심지어는 뒷산의 짐승들마저 뜯어먹을 거리가 있을까 싶었는지 밤낮을 가리지 않고 얼굴을 내비치곤 했다.

그러던 어느 겨울밤이었다. 부슬부슬 비가 오던 밤이었고, 거의 십수 년만에야 찾아온 매서운 추위였다. 차가운 비를 맞아 흠뻑 젖은 건어물을 짊어지고 오던 아비는 성질이 있는 대로 난 상태였고, 어린 자매 또한 그 육중한 무게에 허리가 끊어질 지경이었다.

"여봐라."

그것은 갑작스레 땅에서 솟아오른 듯이 눈앞에 나타났다. 커다란 체구에 날렵한 자태로 서 있는 그것은, 말이었다. 컴컴한 밤에 언뜻 봐서는 형태를 구분할 수 없을 만큼 새까만 말 한 마리가 그곳에 서 있었다. 아비와 자매는 순식간에 완전히 얼어붙은 듯 멈춰 섰다. 그도 그럴 것이 이들은 난생 처음으로, 그것도 그만큼 가까운 곳에서 '말'을 본 것이었다. 말의 콧

수레바퀴 소리가 들리면

구멍이 뜨거운 콧김을 세차게 내뿜자 세 부녀가 동시에 움찔하였다.

하지만 방금 전의 그것은 분명히 사람의 목소리였는데……하는 생각이 들 무렵, 말 위에 앉아 있던 사람의 형체가 서서히 보였다. 온통 검은 도포로 몸을 두른 남자였다. 머리 위엔 다소 커 보이는 갓이 얹혀 있고, 높은 코 위엔 동그란 안경이 걸쳐 있었는데, 그 또한 검은 색이라 두 눈을 모두 숨기고 있었다. 그러니까 모조리 새까맣다는 것을 제외하면 생김새를 짐작하기 힘든 정체불명의 남자가 그들을 내려다보고 있었다. 그것은 이들이 한 번도 느껴보지 못한, 압도적으로 불길한 기운이었다.

곧이어 남자의 낮고 굵은 목소리가 차가운 밤공기와 빗줄기 사이를 슬그머니 지나 자매의 귓속으로 파고들었다.

"돈을 받고 이야기를 들려준다는 계집아이들이 너희들이냐?"

계집아이들은 꼼짝달싹 움직일 수가 없었다. 조그만 입술은 물론, 고갯짓조차 할 수 없었다. 검은 도포 차림의 남자는 방금 전과 똑같이 낮고 굵은 목소리로 또 한 번 물었다.

"돈을 받고 이야기를 들려준다는 계집아이들이, 너희들이냐고 물었다."

　검은 도포의 남자가 아무리 불길한 기운을 풍길지언정, 그 순간, 장사꾼 아비의 머릿속에서 돈 굴러가는 소리가 나지 않을 리 없었다. 아비 자신도 모르게 입술이 열리더니 그 안에서 난데없이 커다란 목소리가 터져 나왔다.

　"아이고, 맞습니다! 이년들이 그년들이죠! 구라가 어찌나 센지 이 아비도 매번 놀라지 뭡니까!"

　갑작스레 신이 난 사람처럼 목소리가 들떴다. 검은 도포의 남자는 아비를 가만히 쳐다보았다. 마치, 그전까지 거기 있는지도 몰랐던 사람을 그제야 발견한 것처럼 아무 말이 없었다. 그 틈에, 뒤에서 대기하고 있던 칼바람이 두 사람 사이를 잽싸게 지나갔다.

　"니가 이 아이들의 아비냐."

　"그러믄요! 애비고 말고요! 이년들의 구라를 들으러 오신 겝니까요?"

　아비는 자신의 물음에 선뜻 대답하지 않는 검은 도포의 안경 속을 뚫어져라 바라보았다. 새까만 안경알 너머엔 아무 것도 보이지 않았지만, 정체 모를 이 남자가 분명히 이년과 저년을 찾아온 것이라는 짐작을 할 수 있었다. 그러자 자신의 주머니를 두둑이 채울 수 있는 돈 꾸러미 또한 가졌으리란 확신이 들었다.

"내가 너에게 평생 먹고살 만큼의 돈을 준다면, 네 딸아이들을 얼마간 종으로 부리며 살 수 있을까를 물으러 왔다."

아비의 예상이 틀리지 않았다. 그러자 정말이지 잠깐의 망설임도 없이 다음과 같은 말이 흘러나왔다. 누구든 그것을 이 아비란 작자가 얼마나 계산이 빠른 장사꾼이고, 동시에 비열한 아버지였는지에 대한 증거로 삼는 데 한 치의 망설임이 없을 것이다.

"하나만, 하나만 데려가십시오. 이제 곧 지 에미가 죽으면 다른 하나가 에미 역할을 해야 하니. 내가 먹고살기 힘들어서 자식새끼들 팔아먹었다는 이야기를 들어서야 안 되지 않겠습니까요? 대신 그 아이는 계속 데리고 살든지 말든지는 상관 안 하겠소이다. 이 촌구석에 있어봤자 생선 가시만 발라내다 이 명태 쪼가리처럼 말라죽을게 뻔하니……."

그렇게 하여 태어날 때부터 서로가 한 몸이라 생각했던 자매는 그날 그 자리에서 그야말로 생이별을 해야 했던 것이다. 늘 눈앞에 닥친 순간만을 살아남는 인생을 이제껏 살아왔기에 이렇게 헤어지고 난 이후의 시간에 대해선 짐작조차 할 수 없었다. 나중에, 오랜 시간이 흐른 어느 겨울 날, 무거운 수레바퀴를 끌고 고향을 다시 방문하던 그때, 이들 자매가 당시에 그렇게 헤어졌던 일이야말로 그들 인생에 찾아온 최고의 행운일지도 모르겠다며 쓴웃음을 짓게 될 것이란 사실도 말이다.

하지만 그날 밤, 눈물을 먼저 보인 사람은 언니였다. 어깨에 짊어지고 있던 비린내 나는 죽은 생선더미를 동생에게 건네주느라 그저 미안하고 동생이 안쓰럽기만 했던 언니가 검은 도포의 말에 올라탔다. 그것은 장사꾼 아비의 당연한 계산에 따른 결정이었고, 누가 봐도 이치에 맞는 것이었다. 언니보다 뜀박질이 조금 더 빠르고, 손재주가 약간 더 나았으며 말대꾸에 능숙한 동생을 남겨두는 게 결국에는 더 쓸모가 있을 것이기 때문이었다. 단 하나, 동생이 언니만큼 예쁘지 않다는 것이 마음에 걸렸지만, 돈을 더 받아내기에는 언니 쪽이 훨씬 더 나았을 거라고 아비는 집으로 돌아오며 애써 자위했다.

생이별을 하게 된 자매의 입장에서는 그때가 정말 마지막이 될 것이라는 걱정은 이상하게도 들지 않았다. 그렇다고 그 기분이 마냥 반갑거나 안심이 되는 것은 아니었다.

"걱정 마, 우리는 꼭 다시 만날 거야."

언니의 목소리가 동생의 머릿속에 메아리치고 있었다. 하지만 그때 처음으로 동생은 자신들에게 이름이 없고, 글을 읽고 쓸 줄 모른다는 것이 목청이 뜨거워질 만큼 안타깝게 느껴졌다. 이제 서로가 아니면, 누구도 상대를 대신 찾아주지 못할 것이기 때문에. 그들 자신을 구할 사람은 오직 본인들뿐이었기 때문이다. 그러면서 동시에, 그동안 우리는 정말로 끔찍한 시간을 함께 보냈구나, 생각하게 되는 것이었다.

잠시 후, 언니는 말을 타고 검은 바다를 달리는 검은 도포의 등 자락에서 자기가 지금까지 느끼지 못했던 서늘한 기운을 느꼈다. 날씨와 기후 탓이라고는 할 수 없는 어떤 무섭고 기이한 것이었다. 동생과 다시 만나기 위해 얼마큼의 시간을 견디며 기다려야 할지 짐작조차 할 수 없게 만드는, 이상하고 불길한 기운이었다.

2

언니가 떠난 지 300일이 훌쩍 넘었고, 아비는 매일같이 노름에 매달린 탓에 집에 붙어 있는 일이 거의 없었다. 아니꼬운 아비의 얼굴을 보지 않아도 되는 것은 신나는 일이었지만, 이제 장에 갈 수도 없었고, 숲과 바다를 혼자 뛰어다니는 것도 도무지 흥이 나지 않았다. 그러는 동안 동생은 왜 우리는 글을 모르는 사람들로 태어났고, 그 많은 이야기들을 어떻게든 기록해 놓아야겠다고 생각 한번 해보지 않았을까, 처음으로 자책해 보는 것이었다.

그리고 그때부터 언니가 있을 때와는 전혀 다른 방식으로 자신이 처한 환경이 동생을 괴롭히기 시작했다. 들짐승을 하루에도 몇 번씩 만났으며 살쾡이에게 발목이 물려, 뼈만 남은 어미의 머리맡에 온종일 끙끙대며 누워 있기도 했다. 자매의 돈이 묻힌 곳에서 하루에 한 번씩 동전을 세어보며 이 돈을 가지고 집을 떠난다면 무엇을 할 수 있을지 생각해 보는 것으로 하루를 마감했다. 물론 그 미래에는 항상 언니가 함께했다.

그러던 어느 날, 어미가 숨을 멈추었다. 딸이 기억하는 한, 평생 죽은 듯 누워만 있던 어미였기에 그냥 시신을 묻은 것뿐이라고, 동생은 혼자서 땅을 파며 애써 생각했다. 죽기 전날, 어미는 아무 말도 내뱉지 못하고 그저 하나 남은 딸의 손을 꽉 쥐었다. 비쩍 마른 나뭇가지 같은 어미의 손아귀 힘이 어찌나 센지 동생은 손 전체가 바스러지는 줄 알았다.

"야는 어데 갔나?"

"돌아가셨소."

"은제?"

"그제요."

"묻었나? 잘 죽었다. 지지리 복도 없는 년! 재수 없는 년!"

열흘 만에 집으로 돌아온 아비는 어미가 죽어서 엊그제 땅에 묻었다는 딸의 말에 저주를 퍼부었다. 동생은 무엇이 그를 그토록 화나게 했는지 알 수 없었지만, 관심이 가지 않았기에 더는 신경 쓰지 않았다. 그는 그냥 사람의 말을 할 줄 아는, 짐승일 뿐이었으니까. 하지만 이제 어미가 죽었으니 자신이 그 역할을 해야 한다는 아비의 말이 거푸 신경 쓰였다. 짜증과 공포가 앞다투어 동생의 머릿속을 파고들었다. 그럴 때마다 언니를 떠올렸다.

멀리 동이 터오는 새벽에 눈을 뜰 때부터 동생은 언니를 생각했다. 아주 어렸을 때 그들은 비탈진 산 중턱에서 다리 넷, 머리 둘 달린 짐승처럼 맞붙어 싸우기도 했다. 하지만 산 아래로 내려오자마자 얼굴에 난 상처를 누가 먼저라고도 할 것 없이 냇물로 닦고, 달래와 머루를 뜯어 그것이 덧나지 않게 해주었으며, 그런 후에 어깨동무를 하고 바닷가를 향해 뛰었다.

하지만 막상 생이별을 하고 난 지 고작 1년도 채 지나지 않았으면서 벌써부터 언니의 얼굴이 희미해지기 시작한 지금,

동생은 매일 저녁 무렵 돌담에 비치는 쌍둥이 같은 두 사람의 그림자에 익숙했던 터라 혼자인 그림자를 보면서 반이 잘린 것처럼 느끼곤 했다. 그런 다음 손가락 모양으로 그림자를 만들어 실없이 이야기를 지어보아도, 백이면 백, 맥없이 끊어졌다. 언니와 이별하면서도 울지 않았던 동생은 돌담의 그림자 앞에서 처음으로 목 놓아 울었다. 그리고 먹먹한 마음으로 집에 돌아오면 아비가 왜 밥을 해놓지 않았느냐며 욕지거리를 내뱉었고, 동생은 돈이나 한 푼 벌어다 주고 그런 소리를 하라며 시원하게 대꾸했으며, 늦은 밤이면 아비가 동생의 이불 속으로 파고 들어오기 시작했다.

검은 도포의 남자에게 팔려 간 아이가 언니가 아니고 동생이었다면, 그래서 술 취한 아비가 손을 뻗어 젖가슴을 주물럭거리던 대상이 동생이 아니고 언니였다면 필시 아무 말도 못하고 시체 같은 어미처럼 누워 있었겠지만, 다행인지 불행인지 살쾡이 같은 앞니를 가지고 있던 동생은 아비의 팔에 선명한 이빨 자국을 남김으로써 그런 밤을 몇 번이나 견딜 수 있었다.

그러던 어느 날, 붉게 지는 노을을 등 뒤로 하고 산을 내려오며 언니와 자신의 돈이 묻힌 곳을 파본 동생은, 그것을 아비가 한 푼도 남김없이 노름장으로 가져갔다는 사실을 알아챘다. 그리하여 그 길로 번개같이 달려간 옆 마을의 노름장에서 그들의 돈을 남김없이 뺏긴 아비를 발견하고야 만 것이다. 게다가 설상가상으로 아비는 자신에게 많은 돈을 벌어다 준 첫째 딸을 팔아치운 대가가 한 푼도 남지 않게 되자 화가 머리 끝까지 치솟아 정신이 나가버린 상황이었다. 그런 다음에 벌어질 수 있는 가장 나쁜 상황이 무엇이었겠나? 아비는 자신의 하나 남은 딸을 판돈 대신 내걸었고, 결국 또 장돌뱅이 영감에게 잃어 고스란히 넘겨주게 된 것이었다.

성한 이가 하나도 없고 누구에게 언어맞았는지 턱이 반쯤 뒤틀려 있는 이 늙은 장돌뱅이는 고작 열네댓 살의 강인한 소녀를 돈 대신에 얻었고, 동생은 멍한 눈으로 자신을 보고 있는 아비의 얼굴에 가래침 한번 시원하게 뱉은 후, "이제 혼자 뒈져버려라!" 한마디 남기고 장돌뱅이를 따라 길을 나섰다.

그래, 차라리 그편이 나았다고 동생은 장돌뱅이 영감의 뒤를 따르며 생각했다. 추씨 성을 가진 이 영감은 사실상 팔 것도, 살 것도 없는 영세한 장돌뱅이였지만 수십 년 동안 전국 각지의 시장을 돌아다니면서 좌판을 깔고 사람들을 알고 지낸 탓에 어딜 가도 배곯을 걱정은 하지 않는 그런 사람이었다.

그런 영감이 지나가듯 넌지시 건넨 말 한마디에 동생의 머릿속에 불꽃이 터졌다.

"너와 쌍둥이처럼 똑같이 생긴 계집아이를 해주의 한 시장에서 보았는데, 그 생김새와 행동거지가 범상치 않아 기억이 나는구나."

동생은 그 계집아이가 자신의 언니임을 확신했다. 사람들의 눈에 우리가 어떤 모습으로 보일지 그동안 한 번도 궁금해본 적 없었던 동생이지만, 쌍둥이라는 그의 표현은 분명히 자신의 언니를 이야기하고 있었다. 장돌뱅이가 언니를 기억한 이유는 오랜 시간 온갖 사람들을 만나고 싸우고 헤어지면서 터득하게 된 상인들만의 요령이었다. 영감의 말에 따르면, 언니는 누구의 심부름인지는 몰라도 오일장이 열릴 때마다 장으로 나와 뜨내기 일꾼들을 한꺼번에 서너 명씩 사 간다고 했다. 어린 계집아이가 말도 없이 장정 몇몇을 데리고 어디론가 홀연히 사라지는 그 모습이 참으로 신기했던지라 그와 같은 장돌뱅이 상인의 뇌리에는 오랫동안 남을 수밖에 없었다고 덧붙였다. 말하는 꼬라지를 들어보면 이 추씨 영감이란 사람은 보기보다 무식하지 않았고, 위험해 보이지도 않았다.

그때부터 동생은 추씨 영감의 말이 아주 믿음직하게 들리기 시작했다. 다음에 보게 되면 그 뒤라도 한번 캐보겠노라 술김에 농담처럼 이야기하며 영감은 어느 주막에서의 저녁상을 물리고, 끙, 하며 등 돌려 잠을 청했다. 잠들기 전까지 네년 이야기나 들려다오, 한마디 내뱉었지만, 그 말을 하자마자 영감은 코를 골며 잠에 빠져들었다. 동생은 그날 밤, 추씨 영감의 봇짐 속에서 동전 몇 개를 몰래 가져가는 대신에 자기의 몸속에 딱 하나 가지고 있던 꼭두각시 인형을 넣어두고 해주로 떠났다. 물론, 언니를 찾기 위함이었다.

몇 날 며칠을 묻고 물어서 터질 듯한 심장을 두드려가며 열심히 달리고 또 뛰었다. 그리하여 시장에 도착했지만, 그때는 갑자기 쏟아진 비 때문에 시장 한구석에서 이틀 동안이나 다음 장을 기다려야 했다.

어느 국밥 가게 여주인은 다 해진 옷에 얼마 동안이나 감지 못했는지 날벌레가 꼬인 머리카락을 긁적이며 시장을 돌아다니는 동생이 정신이 온전치 못한 거지인 줄로만 알고 눈앞에서 내쫓기 바빴다. 그러다가 돈을 보여주며 여기 가게 밖 구석에서 국밥 한 그릇 먹겠다고 당당한 눈빛으로 말하는 동생을 보며 보통 계집아이가 아님을 눈치챘다. 그 가게의 한구석은 뜨내기 일꾼들이 몰려 있는 곳이 가장 잘 보이는 장소였다. 오랫동안 아무것도 먹지 못했던 탓인지 갑자기 배 속으로 들어간 뜨거운 고깃국물이 식도를 타고 역류해 나왔다. 고통스럽게 국물을 토하던 그 순간, 동생은 언니를 보았다.

연분홍 저고리에 진홍빛 치마를 받쳐 입고, 머리를 곱게 빗은 언니가 장정들 곁으로 조용히 다가가는 그 모습을. 거의 한 해 만에 보는 언니였다. 국밥 그릇을 내팽개치고 언니를 향해 달려가려던 그 순간, 동생의 팔을 붙잡는 누군가가 있었다. 추씨 영감이었다.

"기다려, 지금 가면 다 망친다!"

"뭐요! 뭘 망친다는 말이에요? 저기는 내 언니란 말이에요!"

"너는 저 아이의 얼굴이 안 보이냐? 저 그림자가 안 보이느냐 말이다."

언니의 얼굴은 정말로 달라 보였다. 자기가 알던, 한때 한몸처럼 들여다보던 사람의 얼굴이 아니었다. 아무리 말을 시켜도 쉽사리 대답하지 않을 것 같거나, 오랫동안 기다려야 딱 한마디 할 것 같은 그런 그림자가 얼굴에 드리워져 있던 탓이었다.

"네가 지금 바로 달려가더라도 저 아이는 네게 어떤 것도 말해주지 않을 것이고, 어쩌면 반기지도 않을 것이다."

영감의 말에 동생은 다 토해냈다고 생각한 고깃국물이 더 올라올 것 같았다. 언니는 아무 말도, 표정도 없이 장정 몇을 손가락으로 가리키더니 뒤에 매달고 어디론가 걸어가기 시작했다. 추씨 영감과 동생은 함께 그 뒤를 밟았다. 사람들로 북적북적한 장을 벗어나면서부터는 혹시 뒤따르는 것이 들키기라도 할까 봐 더 조심했다. 동생은 심장이 터져버릴 것 같았다. 지금이라도 달려가서 자기가 어떻게 여기까지 오게 되었는지, 언니가 떠나고 나서 자신이 얼마나 힘들게 살았는지 모조리 다 이야기하고 싶었다.

장을 벗어난 지 얼마나 시간이 흘렀는지 몰라도, 언니와 장정들이 걸음을 멈추었을 때는 날이 어둑해져 있었다. 그곳은 자매가 살아온 움막에 비하면 거의 대궐처럼 보이는 집이었다. 동관에서 조금 멀리 떨어져 있는 한적한 곳이었다.

"이제 집을 알았으니 다음 장이 열릴 때 다시 오자."

3

동생은 추씨 영감을 따라간 허름한 주막에서 며칠을 기다렸다. 그사이 영감이 들려준 이야기는 정말이지 기이하고 도무지 알 수 없는 것이었다. 영감의 말에 따르면, 자기가 아는 뜨내기 일꾼 하나가 예전에 언니를 따라갔다가 다시 돌아오지 않았다는 것이었다. 추씨 영감은 그가 아마 죽었으리라고 생각하고 있었으며, 동생에게 그 이유를 알아봐 달라고 했다. 자기가 아는 것이라고는 그 집엔 개성에서 온 정체를 알 수 없는 한 남자가 주인으로 있으며 그 양반을 본 사람은 손에 꼽을 정도라는 것이었다. 언젠가 술 취한 자신의 동료 상인이 한밤중 그 집 앞을 지나다가 언뜻 그 남자를 보았다고 하는데, 그 키가 6척 장신에 검은 도포로 온몸을 휘감은 양반이었다고 했다. 동생은 그 사람이 언니를 말에 태우고 간 그 남자임을 단박에 알 수 있었다. 그리고 그 뜨내기 일꾼의 행방을 어떤 이유로 궁금해하는지 물었더니 아마도 그 장정이 어렸을 때 자신이 버리고 도망 나왔던 아들놈인 것 같기 때문이라고 대답했다.

다음 장날이 왔을 때, 언니는 똑같이 몇 명의 장정을 데리고 그 집으로 들어갔다. 동생은 추씨 영감의 도움으로 집 안으로 몰래 들어갈 수 있었다. 영감은 오늘 하룻밤 동안은 어떻게든 몸을 숨기고 집 안에서 벌어지는 일에 귀를 기울이라고 주의를 주었다. 다음 날 아침이 올 때까지는 언니를 찾지 말라고

수레바퀴 소리가 들리면

신신당부하면서 말이다. 그것은 모든 일에 호기심이 많고, 그 호기심을 어떻게 다루어야 하는지 잘 알고 있었던 장돌뱅이 상인의 직감이었다.

언니는 자기가 데리고 온 장정들을 안채 옆에 붙어 있는 허름한 쌀 창고에 넣어두고, 무언가를 일러준 다음, 밖에서 문을 잠갔다. 그리고 안채로 조용히 걸어가더니 벗어놓은 신발을 들고 들어가는 것이었다. 그리고 집 안에는 아무 소리도 들리지 않았다. 해가 뉘엿뉘엿 넘어가기 시작했고, 어느덧 어둠이 찾아왔다. 동생은 안채의 마룻바닥 아래에 몸을 숨기고 귀를 기울였다. 오슬오슬 초겨울의 추위가 몸속을 파고들었고, 갑자기 졸음이 밀려왔다. 눈꺼풀이 연신 내려왔고, 동생으로 하여금 바로 잠들라고 주문을 거는 것처럼 주위는 무섭게 조용했다. 그러다가 깜빡 잠이 들었다.

그륵그륵그륵……. 꽉 막힌 목청을 가다듬는 것 같기도 하고, 뾰족한 무엇끼리 긁히는 것 같기도 한 소리가 동생의 귀청을 간질였다. 그리고 눈을 떴을 때, 동생은 그것을 보았다. 저 멀리 검은 도포의 남자가 컴컴한 창고의 문을 열어놓고 그 안에서 그륵그륵그륵, 괴상한 소리를 내고 있던 것을. 창고 안은 칠흑같이 어두워 도무지 무슨 일이 벌어지고 있는지 보이지가 않았다. 검은 도포가 한 번씩 움직이는 것 정도만이 분명히 지금 저 창고 안에서 무슨 무서운 일이 벌어지고 있음을 짐작하게 해줄 뿐이었다. 이를 지켜보는 동생은 윗니와 아랫니가 덜덜 떨리기 시작하더니, 혹시나 자기도 모르게 부딪혀 소리가 날까 봐 심장이 터져버릴 것 같았다. 그래서 이 사이로 혀를 집어넣었는데 나중엔 거의 피가 날 지경으로 물어댔다. 그륵그륵그륵. 소리가 더 이상 들리지 않더니 갑자기 검은 도포가 등을 돌려 창고를 뛰쳐나오더니 있는 힘껏 문을 쾅, 소리나게 닫았다. 그것은 지독하게 화가 난 사람들이 문을 닫는 방식이었다. 그리고 바닥에 가래침을 거칠게 뱉었는데, 어두워서 잘 보이지 않았지만 한 움큼의 핏덩이였다. 확실했다. 완전히 닫히지 않았던 문틈 사이로 퍼져 나오는 역한 냄새는 그것이 장정들의 피라는 것을 확신시켜 주었다. 그런 뒤에 남자는 도포 자락을 휘날리며 안채 뒤쪽으로 빠르게 사라졌다. 마룻바닥 아래에 몸을 숨기고 그를 지켜보고 있던 동생은 이제 거의 두 손으로 입을 막고, 터져 나오는 비명을 억지로 막고 있는 모양새였다.

이게 도대체 무슨 일이며 언니는 이곳에서 무슨 일을 하고 있는 것이란 말인가, 그리고 저 검은 도포의 정체는 무엇인가.

갑자기 머릿속을 휘저으며 터져 나오는 생각들에 정신이 없던 그때, 검은 도포의 남자가 달려갔던 그 방향에서 언니가 한 손에 무언가를 들고 조용히 걸어왔다. 그리고 너무나 자연스러운 몸짓으로 검은 도포의 남자가 바닥에 뱉은 핏덩이 위로 모래인지 흙인지를 덮어 발로 대충 문질렀다. 그런 후에 창고를 활짝 열어 그 칠흑 같은 암흑 속으로 걸어 들어갔다. 그리고 촛불이 켜졌다.

아, 그 광경은 도무지 믿을 수 없을 만큼 참혹한 것이었다. 창고 안에는 낮에 본 그 장정들이 발가벗겨져 몸이 거의 반쪽이 된 채로 피가 쫙 빨려 천장에 거꾸로 매달려 있었다. 언니는 익숙한 동작과 동선으로 장정을 끌어내리고 차곡차곡 몸을 접고 나눠서 거적에 집어넣었다. 그리고 문을 다시 닫고, 아까 그 핏덩이 위를 발로 한 번 더 문질러 흔적을 꼼꼼하게 지우더니 신발을 벗어 들고 좀 전의 사랑채로 들어가는 것이었다.

그리고 동생은 들었다. 언니가 조용히 한숨 쉬는 것을. 그 소리에 동생은 참았던 눈물이 터져 나왔다. 그것은 1년 만에 다시 만난 언니에게서 시종 보였던 기이하고 무표정한 얼굴이 진짜 모습이 아님을 확신시켜 주는 무엇이었다. 동생은 당장에라도 이 어둡고 퀴퀴한 바닥에서 튀어 나가 언니를 찾아 소리 지르고 싶었다. 그러면 "빨리 여기에서 나가!"라는 말이 곧바로 이어질 것이었다. 하지만 언니의 깊은 한숨은 자기가 생각했던 것만큼 쉽게 일이 풀리지는 않을 것이라는 걱정 역시 던져주었다.

추씨 영감이라면 어떻게 해야 할지 알 수 있을까? 동생은 날이 밝기만을 기다렸다. 어둠이 걷히면서 멀리서 동이 터오자 동생은 마룻바닥을 기어 나와 냅다 달렸다. 하룻밤 내내 잔뜩 긴장하고 엎어져 있던 탓에 다리가 저려 몇 번을 큼지막하게 구르기까지 했다. 동생은 가까스로 담을 넘을 수 있었고, 그것은 오랜 시절 산과 바다를 뜀박질해 뛰어다녔던 어린 시절이 준 유용한 기술이었다.

시장 구석 거지들의 움막에 도착해 추씨 영감을 만나 지난밤의 믿을 수 없는 일들을 고스란히 전했다. 자기는 언니를 그곳에서 구해내야 하며, 이는 자신에게 주어진 숙명이라고 울부짖었다. 동생은 우리가 지금까지 수많은 귀신 이야기들을 신나게 지어냈지만 이런 일이 진짜로 우리에게 생길 줄은 몰랐으며, 그럴 수는 없는 법이라 덧붙였다.

추씨 영감은 전국 각지를 떠돌아다니면서 들었던 이야기

중에 비슷한 것이 있다고 했다. 그가 동생이 전해준 이야기에 그다지 놀라지 않았던 이유가 바로 그 때문이었다. 저 아래 강화도에 왜놈들이 쳐들어왔다는 소문이 들린 이후로 나라에 망조가 들었다는 소문이 퍼지고 있었고, 곳곳에서 알 수 없는 실종과 죽음의 기운이 먹구름처럼 몰려들고 있던 시기였다. 무당과 미친 사람이 들끓었고, 그것은 무언가 무너지고 있다는 증거였다. 자매는 평생 인적이 드문 바닷가 마을에서 배곯음을 걱정만 하고 살았기에 장돌뱅이 영감이 들려주는 이야기가 무슨 뜻인지 알 수 없었다.

"그는 사람의 피를 먹고 사는 불사의 요괴다."

그제야 동생은 번쩍 정신이 들었다. 불사의 요괴라면 죽지 않는다는 얘기인가요? 영감은 이제껏 이런 존재가 있다는 소문만 들었지 실제로 본 것은 처음인지라 불사의 요괴라는 말이 어느 만큼이나 과장되고 또 진짜인지 알 수 없었다. 그래도 방법은 있다. 그들은 해가 있을 때는 돌아다니지 않고, 100년 된 나무로 만든 말뚝을 심장에 박으면 두 번 다시 깨어나지 못한다는 얘기였다.

그렇지만 그것은 소문일 뿐이었고, 그것보다 더 의아하며 이상한 것이 있었다. 그것은 언니를 직접 만나 손목을 잡고 물어보아야 알 수 있는 것들이었다. 왜, 도대체 무슨 이유로 언니는 그 집을 떠나지 않는 것인가. 장이 설 때마다 장정을 데리고 가기 위해 집 밖으로 나올 수 있으면서 왜 도망가지 않는 것인가. 도대체 언니가 그 검은 도포를 위해 왜 그런 일을 하는 것인가. 그런 질문들은 언니에게 직접 확인해야 할 것들이었다.

한편, 장돌뱅이 추씨 영감은 어쨌거나 그에게 아들을 잃었다. 어릴 적의 작고 고운 얼굴 말고는 번듯한 장정이 된 그 얼굴을 힐끗 본 것이 그가 기억하는 아들의 전부였다. 동생 자신도 부모와의 사이가 끔찍하고 슬픈 무엇이어서 얼마나 비참한 마음인지는 희미하게나마 짐작할 수 있었다. 심지어 그것은 검은 도포의 남자를 위해 자신의 언니가 한 일이기도 했다.

이윽고 다음 장날이 돌아왔다. 이번에는 장정들이 있는 곳에 언니가 도착하기 전에 그녀를 먼저 만나야 했다. 추씨 영감이 언니를 발견해, 그녀의 손목을 잡아 시장 한구석으로 끌고 왔다. 시장 한구석 어두컴컴한 움막의 옆에서 자매는 1년 만에 재회했다. 하지만 언니는 동생의 얼굴을 보자마자 정신을 잃었다. 그리고 다시 깨어났을 때는 벌써 해가 지기 시작할 무렵이었다.

수레바퀴 소리가 들리면

"언니! 여기서 뭐 하고 있어!"

동생은 울부짖으며 정신없이 말을 쏟아냈고, 언니는 가만히 듣기만 했다. 시간이 없어, 빨리 돌아가야 해. 언니는 빨리 장정들을 데리고 집으로 돌아가야 한다고 애걸복걸하기 시작했다.

지금의 언니는 동생이 예전에 알고 있던 그 사람이 아니었다. 동생의 얼굴을 보며 눈빛이 흔들릴 때만 예전의 이야기꾼 자매의 모습이 잠시 보였을 뿐, 그 외의 몸가짐이나 말투는 완전히 달라져 있었다. 동생과 추씨 영감에게 보이는 언니는 사대부 집안의 조신하고 꼿꼿한 외동딸의 모습과 다를 바 없었던 것이다.

"일단, 나와 같이 가자."

언니는 지금은 날이 저물었으니 내일 날이 밝으면 이야기를 하자고 침착하게 동생을 설득했다. 추씨 영감은 동생에게 단단히 일렀다. 너의 언니가 해줄 말이 많은 모양이니, 오늘 밤도 지난번처럼 언니가 시키는 대로 조용히 귀를 기울이기만 하거라. 너희들끼리 그를 대적할 수가 없을 테니, 나는 나대로 방법을 찾아보겠다. 언니는 빠른 발걸음으로 이미 하나씩 사라지기 시작한 장정들을 아무나 골라잡아 집으로 향했다. 그 옆에서 동생은 언니의 모든 행동과 말을 귀에 담았다. 언니는 그야말로 완벽하게 학습된 하녀였다. 자기보다 몇 척은 더 큰 장정들을 창고에 밀어 넣고, 문을 열어줄 때까지 가만히 있으면 할 일을 가르쳐줄 것이며, 그때 가서야 말했던 분량의 돈을 줄 것임을 냉정한 얼굴로 확인해 주었다. 그러면서도 장정들의 신뢰를 잃지 않는 위엄 있는 목소리와 말투였다.

그리고 언니는 빠른 속도로 동생의 손목을 잡고 안채로 들어갔다. 신발을 들어, 그리고 발꿈치를 들고 나를 따라와. 안채는 한 번 봐서는 절대 알 수 없을 정도로 구조가 복잡한 곳이었다. 그러더니 언니가 들어간 곳의 벽 뒤에는 자그만 문이 있었고, 그 문을 여니 다락방으로 연결되었다.

"여기야. 여기가 내가 잠을 자고 일어나는 곳이니 여기에 있어. 저 구석이면 문을 열었을 때 잘 보이지 않을 거야. 조용히 하고 절대 숨소리를 내지 마. 그분은 귀가 밝은 분이라 자그마한 소리에도 달려오실 거야. 이따가 날이 밝으면 다시 찾아올게."

언니는 높낮이가 전혀 느껴지지 않는 목소리로 신신당부하며 문을 닫았다. 조심해! 동생은 머릿속으로나마 언니를 향해 소리쳤다. 지난밤의 무서운 광경이 떠올랐기 때문이었다.

그륵그륵그륵……. 시간이 흐르자 검은 도포가 장정들의 피를 빨아 먹는 소리가 멀리서 들려왔다. 미칠 것 같았다. 머릿속으로 지난밤의 자신을 떠올렸다. 자기도 모르게 이가 부딪히는 소리가 났고, 검은 도포가 고개를 획, 하니 돌리는 것 같았다. 그런 후에, 다시 문을 쾅, 하고 닫는 소리가 들려왔고, 이미 긴장하며 그 소리를 기다리고 있던 동생은 비명소리를 가까스로 참을 수가 있었다. 언니가 모래를 덮고 발로 문지르는 소리가 들렸다. 동생은 자기가 아는 언니가 이 모든 일을 어쩜 그렇게 아무렇지도 않게 해낼 수 있었는지 놀라울 뿐이었다. 병든 어미의 눈을 마주 보며 소리 없이 눈물을 흘리던 유약한 언니가 이런 일을 그렇게 무표정하게 할 수 있을 때까지 겪었을 마음의 과정들을 되짚어보니 가슴이 찢어지는 것 같았다.

그렇게 귀 기울여 하얗게 지새운 밤이 지나고, 아침이 왔다.

4

"내 이름은 순이야. 나는 순이가 됐어."

동생은 그 말을 믿을 수가 없었다. 날이 밝자마자 다락방으로 찾아온 언니는 눈치채기 힘든 미소를 지으며 그렇게 이야기했다. 순이라니? 마님이 내게 지어주신 이름이야. 그제야 언니는 모든 이야기를 들려주었다.

자신이 이 집 안에서 주로 하는 일은 사랑채에 계신 마님에게 늦은 밤부터 동이 틀 때까지 이야기를 들려주는 것이라고 했다. 이야기라니? 마님은 또 누구야? 언니가 말한 마님은 검은 도포의 부인을 지칭하는 말이었다.

작년 겨울, 검은 도포의 남자가 자매를 찾아온 이유는 병들어 고통스럽게 죽어가는 아내가 극심한 고통을 잊을 수 있도록 도와주기 위해 마지막 방편을 찾은 것이었다. 그의 아내는 지금 언니의 행동거지나 말투에서 짐작할 수 있듯이 과거 어느 사대부 집안의 외동딸이었다고 했다. 어렸을 때부터 책 읽는 것을 좋아하여 《옥루몽》이나 《춘향전》 같은 이야기들을 할아버지, 할머니들에게 읽어주어 도토리 소설쟁이란 별명까지 얻었다고 했다. 그런 면에서 우리와 비슷하신 분이라고 덧붙였다. 언니는 자신이 아는 이야기는 그것이 전부라고 했으며, 그 이상은 절대 알아서도 안 되고, 알려고도 하지 말라는 분부를 검은 도포에게서 들었다고 했다.

"마님이 너를 아시면 너에게도 이름을 지어주실 거야."

그런 말을 하더니 언니는 또 빙싯 웃기 시작하는 것이었다. 이름 따위는 필요 없고, 당장 이 집을 떠나야 한다고 동생은 울부짖었지만 언니는 계속 알 수 없는 미소만 지었다. 나는 여길 나갈 수 없어. 언니의 이 말은 결국, 이 글의 초반에 내가 언급했던 한 몸 같았던 두 자매의 유일하게 다른 그 무엇이 작용했던 탓이었다.

작년 겨울, 이 집 안에 처음 발을 들여놓을 때 언니에게 주어진 임무는, 밤 동안 사랑채에서 죽어가는 마님을 위해 이야기를 들려주어야 하고, 낮 동안은 다락방에 꼼짝없이 숨어 지내야 한다는 것이었다. 그리고 유일하게 외출이 허락되는 날은 장이 서는 날이며 그때도 임무가 주어지는데, 검은 도포의 먹잇감이 될 뜨내기 장정들을 데리고 와 쌀 창고에 가둬 두어야 하는 것이었다. 그사이에 절대로 안채에 있는 검은 도포의 방을 들여다보아서는 안 될 것이며, 어디로 도망갈 생각도 할 수 없을 것이라 했는데, 그렇게 된다면, 너의 동생을 제일 먼저 데려와 네가 보는 앞에서 잔인하게 죽일 것이라며 조용한 으름장을 놓았다. 그때부터, 언니에게 검은 도포의 위엄 있는 목소리는 그것이 사소한 위협으로서가 아닌, 거의 운명의 신이 휘두르는 징벌처럼 느껴지기 시작했다. 그래서 이 집을 떠나 도망간다는 것은 차마 엄두도 내지 못했다. 그렇지만 동생은 이제 언니와 같이 있는데, 왜 이 집을 떠나지 못하는 것일까?

그것은 바로, 죽어가는 마님 때문이었으리라. 언니는 1년이라는 시간 동안 거의 매일 밤 그녀와 시간을 보내며 이야기를 들려주다 보니 마님에게 애정도, 동정도 아닌 어떤 복잡하게 애틋한 감정을 느끼기 시작했다. 마님을 두고 떠날 수는 없다는 것이 언니가 동생에게 들려준 거의 유일하고도, 가장 중요한 이유였다.

언니는 마님을 처음 만나게 된 날을 기억했다. 그녀는 뭐라 말할 수 없을 정도로 아름다운 중년의 여자였다. 자신은 죽어가고 있으며, 그것은 젊은 날 자신이 저질렀던 실수와 과오, 사랑과 사람을 믿지 않았던 것에 대한 세월의 가차 없는 응답이라며 말문을 뗐을 때부터 언니는 마님 곁을 떠나지 않을 것을 혼자서 약속하고 말았다. 그리고 그런 찰나의 영원한 약속 뒤에는 언니에게, 지난날 방구석에서 말없이 죽어가던 어미의 슬픈 눈에 대한 기억이 분명히 존재했다는 것을 기억해 두자. 언니가 마님에게서 자신의 가여운 어미를 보았다는 사실만으로 그 복잡한 애정과 깊은 충성을 다 설명할 수는 없겠지만, 그런 이유 또한 분명히 존재한다는 것도 부인할 수 없는 사실이리라.

검은 도포는 자신의 아름다운 아내가 죽어가는 순간부터 흡혈을 포기했다고 하지만, 언제부턴가 다시 장이 설 때마다 한 번씩 은밀하게 이루어졌다. 그것은 전국 각지의 의원들을 밤마다 데리고 왔지만, 아내의 병에 대한 해답을 듣지 못해 그들을 데려다주는 대신, 죽여 없애던 어느 해부터 시작되었고, 마님 몰래 언니가 장정들을 데리고 와서 창고에 가둬두고 흡혈의 뒤처리를 하는 것이 그 명백한 증거였다. 그의 아내는 남자가 자신을 얼마나 사랑하는지 알고 있었으며, 자신을 위해 흡혈을 그만두었다고 믿었지만, 자신이 죽고 나면 어떻게 될지는 도무지 모를 일이었다. 그러면서 이 작고 예쁜 계집아이가 자신의 전철을 밟게 되지는 않을까 걱정했다.

한편, 검은 도포의 남자는 아내를 속이는 자신을 누구보다 혐오하였고, 그녀 몰래 흡혈을 하는 날이면 자기혐오는 더 심해져 매번 자신을 향한 욕지거리를 내뱉곤 했다. 한때나마 그는 밤마다 나가서 가축이나 들짐승의 피를 마시며 살았는데, 어느 날부터는 그것마저 그만두었다. 그것은 대대로 양반 집안의 자식으로 태어난 자신에게 어울리는 흡혈의 방식이 아니었기 때문이었으리라. 물론, 그러한 흡혈의 원칙을 비웃을 수는 있겠지만, 사실상 어떤 존재에게든 명예와 존엄은 먹고 싸는 것 이상으로 중요한 것 아니겠는가? 그리하여 그런 원칙을 비웃는 것은 자신을 비웃는 것과 같은 말일 수도 있다는 것을, 우리는 명심해야 할 것이다.

"나에게 보여다오, 내가 이름 지어줄 또 한 사람을."

다락방에서 지낸 지 사흘이 지난 밤이었다. 언니는 말하는 호랑이와 혼인한 어느 눈먼 여자에 관한 이야기를 막 시작할 참이었다. 그날 낮부터 마님은 유난히 고통이 심했다. 동이 트고 해가 질 때까지 잠을 청하던 마님이 그날만큼은 극심한 고통에 못 이겨 하루 종일 깨어 있던 차였다. 마님은 순이가 언제부턴가 동생의 이야기를 서두에 꺼내지 않으면서 이야기를 시작한다는 것을 눈치채고 있었고, 그것은 결국 지금 다락방에서 자신보다 더 뛰어난 이야기꾼인 동생이 언니를 기다리고 있다는 사실을 실토하게 했다.

동생은 마님을 처음 보았을 때부터 그녀가 싫었다. 애초에 자매들끼리만 공유하고 있었던 시시콜콜하면서 세상 그 무엇보다 중요했던 사랑과 연대감을 자기와는 상의도 없이 그냥 한 부분 뚝 떼어 훔쳐 갔다는 마음이 생긴 탓이었고, 그때부터 마님을 좋아하기란 도무지 불가능한 일이었다.

수레바퀴 소리가 들리면

"네 이름은 진이라고 해라. 너는 네 언니와는 달리 또래의 아이처럼 보이는구나."

자매는 마님에 의해서 마침내 이름을 가진 여자아이들이 되었다. 그리고 마님은 자매에게 조용히 일렀다. 어떻게든 이 집안을 빨리 떠나야 한다. 나는 이제 시간이 거의 다 되었다. 나는 그것을 느낄 수 있어. 그러니 내가 죽기 전에 빨리 이 집을 떠나거라. 하지만 너희가 어디로 가든 그분은 너희를 찾아낼 것이야. 그렇기 때문에 이 집안을 떠나기 전에 그분이 너희를 못 찾게 만들어놓고 가야 할 것이다. 너희들은 이야기꾼이니 거기에 어울리는 방식을 찾아야 할 거야. 내 말을 곰곰이 생각해 보거라.

그렇게 말하고 잠을 청하던 마님의 목소리에는 물기가 느껴졌다. 그 순간, 동생은 마님이 하려던 얘기가 무엇이었는지 알아차릴 수 있을 것 같았다. 그리하여 동생은 다음 날 아침이 오자마자 집을 나가 추씨 영감을 찾았다. 언니를 구해내고 영원히 도망갈 수 있는 유일한 방법은 검은 도포의 요괴를 죽여야만 가능할 것이었다. 언니는 그 방법을 듣고 아무 말도 할 수 없었다. 고작 열네댓 살의 작은 계집아이가 6척 장신의 거구인 남자를 어떻게 죽일 수 있단 말인가.

동생은 추씨 영감으로부터 검은 도포의 요괴를 죽일 수 있는 100년 된 나무의 말뚝을 구했다는 이야기를 전해 들었다. 그리고 추씨 영감의 제안은 자신이 장정들과 함께 창고로 들어가 숨어 있다가 직접 그 요괴의 심장에 말뚝을 박겠다는 것이었다. 하지만 언니는 그 계획이 터무니없는 것이며 실패할 시에는 누구도 살아남지 못할 것이라 말했다. 하지만 동생은, 자신은 지난번처럼 마룻바닥 아래에 숨어 있을 것이고, 마님에게 이야기를 들려주는 것 때문에라도 언니는 죽지 않을 거라고 확신했다. 그러면서도 동생은 언니가 요괴를 죽이자는 제안에 머뭇거리는 이유를 의심해야 했다. 그분도 사실 나쁜 사람은 아닐 거야. 그렇게 괴로워하는 모습을 너도 봤지 않니? 언니의 그 순진한 말이 들리는 것만 같았다.

다음 장날이 돌아왔다. 추씨 영감은 가슴에 날카롭게 깎은 말뚝 하나를 몰래 품고 다섯 명의 젊은 장정들과 함께 창고로 숨어들었다. 추씨 영감은 들어가자마자 거적을 머리끝까지 덮고 잠을 청하는 척했다. 젊은 장정들은 이 늙은 영감이 왜 자신들과 함께 여기에 와 있는지 의아했다. 추씨 영감은 날이 저물어 컴컴해서 아무것도 보이지 않는 그때서야 거적을 젖히고 문가에 붙어 섰다. 창고 안의 젊은 장정들에게 이제 곧 문이 열리면 들어오는 사람의 양팔을 붙잡아야 할 것이며 그렇게 하지 못할 경우에는 모두 죽게 될 것이라 무섭게 경고했다. 젊은 장정들은 겁에 질렸고, 누구 한 사람은 문을 세차게 두드리기 시작했다. 그 즉시 누가 말렸어야 했지만, 아, 바로 그때였다! 문이 활짝 열렸고, 겁에 질린 장정들 가운데 몇은 들어오는 형체를 붙잡기 위해 양옆으로 순식간에 달려들었다.

달빛 하나 비치지 않는 칠흑 같은 어둠이었다. 천장과 바닥에 무언가 내팽개치는 소리가 이어졌고, 소 울음소리 같은 것이 창고를 빠져나갔다. 추씨 영감은 마지막 힘을 다해 바닥을 짚고 솟아올라 검은 도포의 등을 찔렀다. 그것이 앞인지 뒤인지는 중요하지 않았다. 그것이 검은 도포라는 사실만이 필요했다.

살육의 시간이 찾아왔다. 잠시 후 갑작스러운 고요가 찾아왔고, 달빛이 어스름하게 창고를 비추었다. 모두가 쓰러진 가운데, 검은 도포가 말뚝을 자신의 등에서 뽑아 들고 번쩍 일어났다. 그러더니 쏜살같이 달려가 사랑채 앞에 대기하고 있던 언니의 목을 붙잡고 창고 앞으로 날아오다시피 데려왔다. 추씨 영감을 포함해 모든 장정들의 목이 뜯겨나가 있었다. 숨이 막혀 헉헉대는 언니를 창고 앞에 메다꽂은 뒤, 검은 도포의 남

자는 이 모든 상황을 마룻바닥 아래에서 지켜보고 있던 동생
마저 찾아냈다.

"네 짓이로구나, 언젠가 너를 다시 보게 될 날이 올 줄 알았
다."

5

그날 밤 이후, 검은 도포는 본격적으로 흡혈을 다시 시작하
게 되었다. 그것은 자매의 어설픈 공격에 대한 그의 분노 섞인
대답이었다. 자기혐오에 빠진 중년의 흡혈귀는 이제 더 이상
존재하지 않았다. 언니는 그야말로 명백한 인질이 되었다. 아
내가 힘겨운 저주를 퍼부으면 그것을 끝까지 들으면서도 검
은 도포는 흡혈을 포기하지 않았다.

이제 매일, 낮 동안이면 동생은 검은 도포의 연락책으로서
사람을 데려와야 하는 일을 본격적으로 하게 되었다. 처음에
동생은 언니가 그랬듯이 뜨내기 일꾼들을 데리고 올 생각이
었지만, 웬일인지 그들은 동생의 말을 듣지 않았다. 언니처럼
사대부 집안의 행동거지를 습득할 시간도 없었고, 준비도 되
지 않았던 동생에게 있어 사람을 구슬려 산다는 것은 도무지
가능한 일처럼 보이지 않았다. 거지들도 자기 맘대로 따라와

수레바퀴 소리가 들리면

주지 않는 날이면, 동생은 날이 저물 때까지 시장 안팎을 돌아다니며 불쌍한 아이들을 찾았다. 부모가 없는 고아들이 가장 손쉬운 상대였지만, 아이를 데리고 올 때마다 언니는 동생을 보려 들지 않았다. 그러나 그것은 동생에게도 힘든 결정의 순간이었다.

오늘은 누구를 데리고 가야 할지 괴로운 고민을 하며 장으로 걸어가던 그때, 동생은 죽은 추씨 영감을 떠올렸다. 아비의 노름빚에 그에게 팔렸을 때, 언젠가 주막에서 추씨 영감은 "이야기꾼들이란 기본적으로 사기 치는 놈들과 별반 다를 바가 없다."라고 말했었다. 대신, 사기를 당한 사람들이 기분이 좋다고 착각하는 것이 다를 뿐이다. 그렇기 때문에 "예나 지금이나 먹고사는 것이 힘든 서민들에게 들려주고, 보여주는 이야기란 자고로 원칙과 예의가 있어야 한다."라고 덧붙였다.

그저 재미있는 이야기 하기를 좋아하는 고작 열네댓 살 먹은 계집아이였던 동생은 그것이 무슨 말인지 알지 못했다. 그저 자신에게 사기꾼이라고 말하는 영감이 꼴 보기 싫었던 것이 그 당시의 유일한 감상이었다. 하지만 지금, 인질로 잡혀 있는 언니를 하루라도 빨리 살리기 위해 검은 도포의 흡혈 대상이 될 만한, 죽어도 될 만한 사람을 반나절 동안 데리고 와야 하는 믿기 힘든 상황에 처해 있는 자신을 보니 갑자기 그 이야기가 생각나는 것이었다.

이게 바로 사기꾼의 최후인가, 이야기꾼의 결말인가. 동생은 그 옛날 맨발로 뛰어다니며 칡뿌리만 캐 먹고 살았어도 언니와 행복하기만 했던 그 시간이 떠올랐다. 그런 생각을 하는 와중에 도착한 곳은 예전 추씨 영감이 먹고 자던 거지들의 움막이었다.

썩은 내가 풀풀 나던 그곳에서 동생은 추씨 영감의 봇짐을 발견했다. 그 봇짐 속에서 언젠가 동전 몇 푼과 맞바꾼, 나뭇가지와 풀 이파리를 엮어 만든 꼭두각시 그림자 인형과 채 뾰족하게 다 깎지 못하고 봇짐 속에 박혀 있던 말뚝을 꺼내 들었다. 동생은 그 인형과 말뚝을 품에 안고, 근처 숲속에서 온갖 종류의 나뭇가지와 풀과 꽃을 꺾어 들고 다른 날보다 일찍 집으로 돌아가며 남자와 대적할 수 있는 방법을 찾아냈다. 그것은 언젠가 마님께서 이야기하셨던 그들만의 방식, 그들만이 가지고 있던 무기였다.

이야기를 듣는 누구나 정신이 반쯤 나갈 정도로 홀리게 만드는 이야기 솜씨. 이들 자매에게 그것 외에 다른 어떤 무기가 있겠는가? 동생은 언니와 함께 그날 밤, 안채의 복잡한 방 구

수레바퀴 소리가 들리면

조를 이용한 그들로선 최대의 꼭두각시 그림자 인형극을 공연할 생각이었다.

수십 개의 촛불이 불을 밝혀야 했고, 나무와 꽃이 방 곳곳에 장식되었다. 그날 안채로 거처를 옮긴 마님은 거의 당장에라도 죽음을 맞이할 것처럼 보였다. 동생은 언니에게 자신이 생각한 모든 이야기를 전달해 주었고, 그것은 릴레이로 이어져야 했다. 듣고 보는 이를 제대로 홀리기 위해서는 반드시 필요한 연기였다. (아, 그것은 정말 얼마 만에 하게 된 자매의 이야기 놀이였던가!)

밤이 찾아왔고, 마님은 거의 수년 만에 힘든 걸음을 내디뎠다. 그리하여 이제부터 전하는 이야기는, 검은 도포와 그의 죽어가는 아내를 관객으로 두고 이들 이야기꾼 자매가 그들 인생에서 마지막으로 공연하여 결국 그 집을 도망쳐 영원한 길을 떠나게 한, 그림자극의 내용이다.

◆◆◆

태어나기를 어느 손이 귀한 사대부 집안의 장손으로 세상에 처음 빛을 보았던 그 남자는 고작 열 살이 되던 해에, 늙은 부모를 병으로 잃었다. 그 슬픔을 위로하는 것만으로도 몇 날 며칠 밤을 새워야 할지도 모를 일이었다. 혼자 남은 남자에게는 코가 크고 머리가 노란 사람들이 사는 나라에서 공부하고 돌아온 작달막한 키의 볼품없이 생긴 외삼촌이 하나 있었는데, 이 삼촌이란 작자는 나이 어린 조카에 거의 관심을 두지 않고 낮에는 하루 종일 컴컴한 방에만 틀어박혀 책을 읽고, 밤만 되면 집 밖에 나가 동틀 무렵에 기어 들어오곤 했다. 나이 많은 부모에게 태어나, 또래의 동무 한번 가져보지 못했던 남자는 천성이 사람을 그리워하고 자신에게 관심을 가져주는 이 옆에 붙어 있으려 했는데, 그렇게 보면, 비록 무심한 성격의 못난 외삼촌이었지만, 하나밖에 없는 피붙이였던 그를 내내 쫓아다녔던 남자의 행동거지는 이해 못 할 일이 아니었으리라.

그러던 어느 날, 남자는 무슨 생각에선지 한밤중에 집을 나가는 삼촌의 뒤를 몰래 밟았다. 삼촌은 마을에서 얼마간 떨어진 농가를 향해 빠른 걸음으로 걸어갔다. 멀리 남자의 눈에 그 농가의 외양간으로 쥐새끼처럼 빠른 속도로 숨어 들어가는 삼촌이 보였다. 움머, 하는 짧은 소 울음소리가 들렸고, 곧 그 소리가 사그라지더니 그륵그륵그륵…… 뾰족한 무언가가 서로 긁히는 소리가 들리기 시작했다. 남자는 그 소리가 너무 불쾌하여 귀를 틀어막았지만 좀처럼 사라지지 않았다. 그 순간이었다. 불 꺼진 농가에서 망치와 말뚝을 든 장정 서넛이 번개처럼 문을 박차고 외양간으로 뛰어들었다. 비명이 들렸고, 뭔가 부딪히고 맞는 소리가 들렸다.

남자는 울부짖는 누군가의 목소리가 자신의 키 작고 볼품없는 삼촌의 것임을 알아차렸다. 곧 장정들의 손에 의해 자그마한 체구의 삼촌이 외양간에서 질질 끌려 나왔다. 아직 채 목숨이 끊어지지 않았던 삼촌의 가슴에 말뚝 하나가 박혀 있었다. 마당으로 나온 장정들은 삼촌의 가슴에 박힌 말뚝을 향해 망치를 힘껏 내려치려 했다. 그때 남자는 하나 남은 자신의 피붙이였던 삼촌을 부르며 농가를 향해 내달렸다. 장정들은 자그마한 남자아이 하나가 울부짖으며 자신들을 향해 부리나케 달려오는 모습을 보고 혼비백산했다. 그 울부짖는 소리는 마치 늑대의 것과 흡사했으며, 장정들의 눈에는 그때부터 남자는 어린아이가 아니라 사납기 이루 말할 수 없는 들짐승으로 보이기 시작했다. 장정들은 누가 먼저라고도 할 것 없이 사방팔방으로 도망가 버렸다.

곧 목숨이 끊어질 것 같은 삼촌은 자신의 조카를 알아보았다. 지금 자기 앞에서 닭똥 같은 눈물을 뚝뚝 흘리는 아이를 보더니 그는 뭐라고 입을 뻥긋거렸다. 남자는 그 말이 잘 들리지 않아 고개를 숙였는데, 그 순간 삼촌은 조카의 목을 깨물었다.

삼촌이란 작자는 무슨 생각으로 불쌍한 조카의 목을 물었던 것일까. 그것은 어쩌면, 이 세상에 태어나 먼지로 흩날리는 것으로 인생을 마감하기 전에 자신의 씨를 어떻게든 남겨놓고 싶어 하는 인간이란 종족의 가여운 본성이 아니겠는가. 그렇게 하여 고작 열한 살의 나이에 남자는 영원히 인간의 피를 찾아 마셔야 하는 운명을 얻게 된 것이었다. 그 후부터 남자는 얼마 남지 않았던 집안의 하인들을 모조리 죽음으로 내몰았고, 곧 집을 떠나 전국을 떠돌며 고아처럼 자랐다.

열한 살로 무려 50여 년을 살아온 남자는 그중의 몇 해는 흡혈을 멈추고 바느질삯으로 근근이 입에 풀칠하는 어느 눈먼 할멈의 유순한 양자로 산 적이 있었다. 독한 마음을 먹고 흡혈을 멈추자 남자는 급격히 노쇠해 갔고, 다시 농가의 가축을 몰래 먹기 시작했을 때는 어느덧 6척 장신의 위엄 있는 성인 남자가 되어 있었다.

자신을 먹여주고 입혀준 눈먼 할멈이 어느 무더운 여름날,

수레바퀴 소리가 들리면

냇가에서 머리를 감다가 엎어져 재수 없게 익사한 이후 남자는 누군가와 함께하는 인생이 자신에게도 가능할까 하는 생각을 하게 되었다. 그러니 곧 슬픔이 밀려왔다. 바느질거리를 받아 오겠다고 새벽에 집을 나간 할멈이 날이 저물어도 돌아오지 않자 그녀를 찾아 나섰던 남자에게 물에 퉁퉁 불어 냇가로 떠내려온 할멈의 시체가 보였다. 그 자리에서 남자는 할멈의 목을 물어 피를 마셨다. 그녀가 앞을 보지 못했기 때문이었을까. 그 후 남자의 눈이 점점 침침해져 가기 시작했다.

앞이 아예 보이지 않는 것은 아니었다. 하지만 어느 날 밤 피를 마시기 위해 숨어 들어간 닭장의 닭이, 팔을 뻗으면 잡히는 자리에 있는 건지, 더 멀리 있는 것인지 그 거리가 분간이 가지 않았다. 남자는 서서히 눈이 멀고 있었다. 그리고 그날은 마을의 축제가 있는 날이었다. 축제는 날이 샐 때까지 계속될 것이었다. 남자는 침침한 눈으로 몸을 부딪혀 가며 시장 한구석에 앉아 축제 행렬을 지켜보았다. 하늘 위로 떠가는 연등 불빛을 바라보며 난생처음 아름답다는 생각을 했다. 그때였다.

"앞을 못 보시오? 이것을 한번 걸쳐보시오."

어느 여자의 목소리가 들려왔다. 고개를 들어 눈을 찡그려 본 남자의 앞에는 고운 비단옷으로 차려입은 한 아름다운 여자가 서 있었다. 그 여자는 남자에게 검은 색깔의 안경을 건네주었다. 그것은 일본에서 유학하다 병을 얻어 돌아와 결국 죽고 만 그녀의 오라비의 것이었다. 남자는 안경을 걸치자 하늘 위의 연등 불빛이 자신이 생각하던 것보다 더 밝아 보여 찔끔 눈물을 흘렸다. 그리고 그 연등 아래에는 한때 사대부 집안의 사랑받는 외동딸이었던 그녀가 서 있었다.

대대로 대궐에 출입하던 고급 관리 집안이었던 그녀의 가계는 역적 누명을 쓴 할아버지가 스스로 목숨을 끊으면서부터 완전히 몰락해 버렸다. 그리고 부모마저 옥살이하다 죽음을 맞이한 이후 여자는 혼자 남았다.

첫 만남 이후, 매일 여자를 향한 사랑과 그리움으로 힘겨워하던 남자는 신분을 박탈당하고 일본인 통관의 첩으로 명해진 그녀를 어느 날 밤에 납치하여 먼 길을 떠남으로써 그 힘겨운 고통에서 벗어날 수 있었다. 당시 남자는, 6척 장신에 80여 년을 청년의 얼굴로 살아온 노인이었고, 여자는 빛나는 얼굴에 여전히 사라지지 않는 사대부 집안의 기품을 풍기던 열일곱의 아름다운 소녀였다. 그 후 두 사람이 전국을 떠돌며 수십 년간 함께 보냈던 사랑의 시간들을 어찌 다 이 지면에서 이야기할 수 있겠는가. 다만, 여자는 사람들에게 배신당하고,

수레바퀴 소리가 들리면

버림받고, 내처진 기억에서 벗어나지 못했으며 그 증거는 자신의 지아비로 평생 해로하리라 약속한 남자를 위해 적극적인 흡혈 연락책으로 살았던 시간일 것이다.

여자는 닥치지 않고 사람들을 데려왔다. 이야기꾼 자매의 언니가 그 언젠가 입이 험한 뜨내기 일꾼들을 잘 구슬려 집안으로 데려와 창고에 가둬두었던 것처럼. 다만 그녀는 출신을 모르는 뜨내기든, 집안 내력이 훤히 보이는 대가족의 며느리든 시어머니든, 시장판의 고아든, 엄마 손을 잠깐 놓쳐 길을 잃은 소녀든, 제 몸 하나 못 가누는 환자든, 닥치지 않고 사람들을 데려와 남편을 위해 창고에 가두었다. 그러던 여자는 어느 날 아침 피를 토하며 깨어났을 때, 자신이 죽을병에 들렸다는 것을 알게 되었다. 그것은 자신의 오라비가 죽기 전 몇 해 동안 보여준 모양새와 거의 같았기 때문이었다. 여자는 그제야 지나온 수십 년의 시간을 떠올리기 시작했다.

그녀의 가족이 비극적으로 죽음을 맞이하기 전까지 여자는 거지, 고아, 환자 할 것 없이 세상의 모든 아프고 힘든 사람들에게 먹을 것을 주고, 손을 잡아주고, 안경을 건네주고, 이야기를 들려주던, 사랑으로 충만한 아름다운 소녀였다. 하지만, 지금 중년으로 접어들기 시작한 여자는 그때와는 완전히 다른 사람이 되어 있었다. 한때 그녀는 남편과의 사이에서 아이를 가지려고도 해보았다. 아이가 있었더라면, 자신과 남편을 똑같이 닮은 예쁜 딸자식이라도 하나 있었더라면, 내가 이토록 사람을 싫어하지는 않았을지도 모른다는 생각을 한 적도 있었다.

며칠 뒤, 여자는 남자에게 자신은 병이 들어 이제 더 이상 연락책 일을 하지 않을 것이고, 할 수도 없다는 얘기를 건넸다. 남자는 고통스럽게 죽어가는 아내를 그냥 두고 볼 수가 없었다. 남자는 그 옛날 삼촌이 자신에게 그랬던 것처럼 아내의 목을 물어 자신과 똑같이 영원한 삶을 살 수 있게 하는 것 또한 생각해 보았다. 하지만 죽어가는 사람에겐 그것이 통하지 않았다. 그리하여 지금 여자의 목에는 그의 이빨 자국 두 개가 아픈 상처로 남아 있었다. 남자는 그 자국을 볼 때마다 그 옛날 붉은 연등 아래 서 있던 빛나는 얼굴의 소녀가 떠올랐다.

◆◆◆

그때였다. 지금까지의 이 모든 이야기를 환상적인 그림자로 만들어내던 언니의 입에서, 그 소녀의 이야기가 나오던 그

수레바퀴 소리가 들리면

때, 검은 도포의 눈에서 주르륵 눈물이 흘러내리기 시작했다. 마님이 손을 뻗어 남자의 뺨을 조용히 만졌다. 안경을 벗어 눈물을 닦고 나머지 이야기를 들으라는 마님의 목소리가 조용히 흘러나왔다. 그리고 마님은 자매에게 마지막 눈길을 주었다. 검은 도포가 안경을 벗었을 때, 마님은 안경을 손으로 탁, 쳐서 멀리 방구석으로 떨어뜨렸다. 동생이 달려왔고, 가슴속에 품어둔 말뚝을 들어 힘껏 도포의 가슴에 찔렀다. 도포가 울부짖었고, 몸이 천장을 향해 솟구쳤다. 사방에 있는 벽에 검은 도포의 몸이 부딪혔고, 말뚝이 떨어져 내팽개쳐졌다. 그리고 검은 도포는, 방을 기어 나갔다. 앞이 보이지 않아 여기저기 쿵쿵 부딪히는 소리가 들렸다. 동생은 말뚝을 주워 들고 잽싸게 그 소리를 뒤쫓았다.

검은 도포는 보이지 않았다. 안채의 불빛을 밝혔던 촛불이 모두 꺼지자 칠흑 같은 어둠이 찾아왔다. 동생은 말뚝을 가슴에 품고, 복잡한 구조의 방을 하나씩 열어 들어갔다. 들어갈 때마다 촛불을 다시 켰다. 이 방에도 없었고, 저 방에도 없었다. 마지막, 자매가 숨어 있던 다락방으로 들어갔다. 새까맣고 고요했다. 그러던 와중에 어디선가 똑, 똑, 물방울이 떨어지는 소리가 들려왔다. 촛불을 켜자마자, 자신의 발 위로 핏자국이 그득한 것이 보였다. 그 순간, 천장에 붙어 있던 검은 도포의 등이 머리 위로 슬그머니 보이기 시작했다. 그의 목뒤로 피가 떨어지고 있었고, 두 사람의 눈이 정확히 마주치던 그때, 검은 도포가 동생의 머리 위를 덮쳤다. 동생은 마지막 남은 힘을 다해 검은 도포와 몸싸움을 벌였다. 그 작은 소녀가 6척 장신의 거구인 남자와 어떻게 몸싸움을 벌일 수 있었냐고? 바로 그 순간에 언니와 마님이 동시에 검은 도포의 등에 올라탄 것이다. 언니가 앙상한 두 팔로 검은 도포의 목을 감싸 쥔 그 순간, 동생은 말뚝을 들어 다시 한번, 그의 심장을 힘껏 찔렀다. 검은 도포는 자신의 목에 올라탄 언니를 향해 고개를 돌려 온 힘을 다해 목을 깨물며 앞으로 쓰러졌다.

다시 촛불을 켰을 때, 검은 도포는 하얗게 센 머리와 버짐으로 가득한 얼굴을 가진 노인의 모습으로 죽어 있었다. 당시 그의 나이가 100 하고도 50이 넘은 어디쯤이었다. 그 옆에는 숨을 멈춘 마님이 조용히 누워 있었다. 길고 기구했던 지난 삶에 대해선 조금도 기억하지 못하는 듯한 순진무구한 얼굴이었다. 다만, 검은 도포의 옷자락을 붙잡은 채 놓지 않고 있는 주름진 손만이, 그들을 끝까지 기억하고 있었다.

그리고 목을 물린 언니는 며칠이 지나도록 깨어나지 못했

수레바퀴 소리가 들리면

다. 언뜻 죽은 듯처럼도 보였지만, 심장과 목젖, 손목의 박동은 징그러울 정도로 빠르고 힘찼다. 동생은 의식이 없는 언니의 목에 선명하게 뚫린 검은 도포의 이빨 자국을 만져보았다. 그러자 앞으로 펼쳐질 자신의 길고 기구한 운명을 순식간에 예감할 수 있었다. 죽은 마님은 마치 그런 자매의 앞날을 예견하기라도 한 듯 사랑채 한구석에 많은 돈을 남겨두었다.

동생은 동이 트기 전에 마님과 검은 도포를 땅에 묻었고, 마님이 챙겨둔 돈 꾸러미를 허리에 단단히 묶은 뒤, 거적을 덮어 감싼 언니를 수레에 실었다. 혹시라도 해가 뜬 낮에 깨어나진 않을까 싶어 수레 위를 더 단단히 감쌌다. 그리고 조금씩 터오는 먼동을 뒤로한 채 수레를 끌며 어디론가 걸어가기 시작했다. 동생은 생각보다 수레가 무거웠는지, 그 옛날 죽은 생선을 허리가 끊어지도록 메고 걸었던 어린 시절이 생각나 육시랄 욕지거리를 내뱉었다.

"순이 언니! 왜 이렇게 무거워! 나 몰래 개돼지처럼 처먹고 다녔나 보지!"

그러더니 덜컹, 하며 수레바퀴가 거친 길목을 넘어가기 시작했다.

6

그것이 내가 전해 들은 이들 이야기꾼 자매의 마지막 모습이다. 이들 자매의 그 후 이야기는 전해 들은 바 없고, 소문조차 듣지 못했다. 단, 눈이나 비가 와 땅이 질척거린 날이면 평안도의 어느 어촌 마을과 뒷산에 수레바퀴 자국이 깊게 나서 한동안 없어지지 않고 있다고 하는데, 그 자국이 난 길만 따라가 봐도 어쩌면 이들 자매에 관한 소문 한마디 정도는 들을 수 있을지 모를 일이었다.

아, 한 가지 더. 언젠가 자매가 태어난 고향 마을에서, 한밤중에 노름을 하고 돌아오던 한 남자가 머리와 사지가 완전히 뜯겨 나간 채로, 바닷가에 죽어 있는 것을 근처 마을의 어부가 발견해 일본인 순사에 보고했다는데, 그 순사는 들짐승의 소행이라며 마을에 당분간 얼씬도 하지 말 것을 당부하고는 더 이상 수사하지 않았다고 한다.

하지만 우리는 어쩌면 알 것 같기도 하다. 그렇게 죽어도 싼 남자가 누군지.

이 이야기꾼 자매의 믿을 수 없는 경험과 환상적인 실종을 독자들에게 전하면서 현대를 살고 있는 나 같은 이야기꾼이

줄 수 있는 교훈이 무엇이 있겠는가. 사실, 교훈 따위야 교과서에나 찾을 것이고, 그런 것을 주고자 이 모든 이야기를 구구절절 늘어놓지는 않았다는 것을 알아두길 바란다. 단지, 여기서 그 언젠가 장돌뱅이 영감이 늘어놓았던 그 말을 다시 떠올려보자. 이야기꾼들은 기본적으로 사기를 치는 놈들과 별반 다를 바가 없으니, 이성과 상식만으로 살아남지 못하는 이 무서운 세상을 사는 이야기꾼들에겐 자기 이야기를 들어주고, 속아주는 관객을 위해 최소한의 원칙과 예의가 있어야 한다는 그 말을 말이다. 그런 맥락에서, 진짜 이야기꾼이라 함은, 죽어가는 마님과 순이 언니가 그랬던 것처럼, 사람과 사랑에 대한 희망이 있고, 그 기대로 살아야 의미가 있는 그런 세상에 관한 이야기를 궁극적으로는 만들어내는 사람들이리라. 거기에서 왜 하필이면, '이야기'인가, 라는 질문이 나온다면, 나는 또 이렇게 대답할 것이다.

인생이란 결국 몇 가지의 질문과 대답만으로 설명하기에는 너무나 부조리한 무엇이고, 이야기라는 것은 바로 이 부조리한 인생에 대한 탐험이기 때문이라고. 모든 이야기꾼은 이 진리를 몸소 보여준 이 수레바퀴 자매들을 영원히 기억해야 할 것이라고.

그러고 보니 왠지 수레바퀴 굴러가는 소리가 들리는 것 같지 않은가? 덜컹.

가지치기

신도윤

†

왼팔이 저려 잠에서 깼다. 한쪽 팔을 깔고 자면 팔이 저리는 것은 당연한 일이었다. 그런데 잠에서 깨고 보니 정작 몸 밑에 깔린 것은 오른팔이었다. 오른팔을 움직여 보니 별다른 이상은 없었다. 잠결에 착각이라도 했나 싶어 다시 누워서 자려는데 이번에는 왼팔이 미친 듯이 가려웠다. 11월에 모기가 나오는 것은 이상했지만 계절을 착각한 모기 한두 마리쯤은 있어도 문제 될 것 없어 보였다. 피곤함보다 피를 빨렸다는 허탈함과 복수심이 앞섰기에 자리에서 일어나 불을 켰다.

시계를 확인해 보니 새벽 3시였다. 낮에는 보이지도 않던 모기들이 밤만 되면 어디선가 기어 나오기 일쑤였다. 모기 채

와 모기향, 인간의 손바닥에 죽어간 선조들의 복수일까. 핏발이 된 눈으로 모기를 찾아봤지만 방 안에는 나 말고 아무것도 없었다. 모기들이 피를 빨아 먹은 뒤 승전보처럼 귓가에 윙윙거리는 소리도 들리지 않았다. 밖에서 누군가 새벽까지 술을 마시고 지르는 고성방가를 제외하면 방은 고요했다.

그 와중에도 팔은 계속 가려웠다. 왼팔에 고양이가 할퀸 듯이 세로로 깊게 파인 상처를 보고 나서야 무의식적으로 팔을 긁고 있음을 깨달았다. 꽤 깊은 상처였는데도 쓰라림보다 가려움이 더 강했다. 손바닥이 얼얼해질 정도로 때리니 가려움이 조금 가라앉았다. 모기 찾는 건 포기하고 다시 누웠지만, 한번 달아난 잠을 되찾기는 쉽지 않았다. 이게 다 모기 때문이다. 아니면 거미라도 있나. 거미가 사람을 무는지는 모르겠다. 그러고 보니 거미라면 몰라도 붉은 개미한테 물려 병원에 가는 사람들은 생각보다 많다는 말을 어디선가 들었던 것 같기도 하다. 붉은 개미는 본 적 없지만 평범한 개미는 집 안에서 본 적이 있다. 붉은 개미는 그 녀석의 먼 친척쯤 되지 않을까.

다음 날 확인하니 왼팔에 내가 낸 상처 사이로 크게 부푼 곳이 있었다. 어젯밤 가려워 미치는 줄 알았던 그 부분이었다. 속이 메워진 분화구 같기도 했고 무언가 상당히 잘못된 여드

가지치기

름 같기도 했다. 이게 여드름이라면 어제 그렇게 가렵진 않았 겠지. 그러면서도 여드름을 짤 때처럼 손으로 꾹 눌러보았다. 상처가 신경 쓰여 그리 힘을 주지는 못했다. 팔을 문지르자 어 제까지만 해도 없었던 불룩한 부분이 만져졌다. 과속방지턱 을 천천히 넘어가는 자동차가 된 것 같았다. 병원에 갈 정도는 아니었으므로 평소대로 회사에 갔다. 나를 문 것이 뭔지는 몰 라도 독이 있는 종류였다면 가렵고 부푸는 정도에서 끝나진 않았으리라.

일이 끝난 뒤 마트에 들러 벌레 퇴치에 쓸 만한 것들을 장 바구니에 담았다. 단돈 만 원으로 대부분의 벌레를 죽일 수 있 는 도구들을 살 수 있었다. 어제처럼 잠을 설치기는 싫었으니 만 원의 투자가 아깝지 않았다. 이걸로도 해결하지 못하면 어 떻게 할까. 내가 자는 사이에 몰래 벌레가 물고 도망간다면 어 쩔 도리가 없었다. 그러려면 각종 벌레 퇴치 향의 삼엄한 감시 망을 뚫어야겠지만. 옷장에서 사람만 한 바퀴벌레라도 나오 지 않는 이상 해충방역 전문업체를 부를 필요까진 없겠지. 벌 레 퇴치 향을 켜고 자려니 평소와는 다른 냄새에 눈살이 찌푸 려졌다. 이게 대체 무슨 고생인지. 그래도 이정도로 냄새가 나 면 벌레들은 쪽도 못 쓸 것이다. 팔에 난 상처까지 움츠러드는 느낌이었다.

분화구라고 할지, 여드름이라고 할지 고민하게 하던 '불룩한 부분'에는 털이 나기 시작했다. 팔 한가운데에만 원형으로 털이 나는 모습은 내 팔만 아니었다면 꽤 웃길 것 같은 모습이었다. 자세히 보니 팔이나 다리에 나는 털과는 다른 종류 같았다. 띄엄띄엄 나지 않고 빽빽하게 한곳에서만 나는 게 꼭 머리카락 같았다. 가까이서 보기 위해 한 가닥을 뽑았다.

"아야."

이상하게도 전혀 아프지 않았다. 아프지 않았으니 "아야."라고 할 이유도 없었다. 방금은 누가 말한 것일까. 옷장 속 바퀴벌레? 사람만 한 바퀴벌레가 무서울까, 사람 말을 하는 바퀴벌레가 무서울까. 둘 다 실제로 있을 리 만무했지만 옷장을 열어 확인하지는 않았다.

그때부터 밖에서는 무슨 일이 있어도 팔소매가 긴 상의만 입었다. 사람들은 딱히 신경 쓰지 않는 눈치였지만 실수로라도 팔을 걷는 일이 없도록 주의했다. 병원에 가야 하나 싶기도 했지만 집 근처에 병원이라고는 눈이 침침해 자기 앞도 제대로 못 보는 의사가 있는 곳뿐이었다. 가봤자 제대로 보지도 않고 감기약 사흘 치나 한번 타주고 끝이겠지. 제대로 된 진료를 받으려면 더 큰 병원에 가야 했지만 평일에는 시간이 없었다.
그리고 가봤자 뭐라고 말해야 할지도 모르겠다.

"벌레에 물리셨다고요? 어떤 벌레요?"

의사가 이렇게 물으면 나는 이렇게 말할 수밖에 없다.

"저도 모르겠습니다. 새벽에 가려워서 깼는데 이렇게 되어
있더라고요. 모기나 개미가 아닐까 싶습니다. 그런데 팔에서
사람 머리카락이 나게 하는 벌레도 있나요?"

그러면 나는 자기가 뭐에 물렸는지도 모르는 멍청이가 된
다.

물론 응급처치라고는 심폐소생술 같은 기초적인 것밖에 모
르는 내가 상상하는 것보다는 의사가 전문가로서 소견을 줄
수 있을 것이다. 그래도 병원에 갈 생각은 전혀 없었다. 다른
것보다도 그 조그마한(실제로 작은 종류인지는 모르겠지만) 벌레 새
끼 때문에 전전긍긍하는 상황 자체가 마음에 들지 않았다.

그때까지 나는 팔에서 머리카락이 자라는 기괴한 현상을
얕잡아 보고 있었다.

'불룩한 부분'은 머리카락이 자라는 것에서 멈추지 않고 더
욱 부풀어 올랐다. 슬로비디오로 찍어 놓으면 팔에서 일출도

볼 수 있을 것 같았다. 태양이 아닌 다른 것이 떠오르겠지만. 공에 놓인 제기처럼 머리카락 같은 털도 나서 제법 '머리' 형태를 갖추게 되었다. 이전에는 그냥 굵은 털이라고 박박 우기면 됐을 법도 한데 이제는 그러지도 못했다. 지금이라도 병원에 가서 치료를 받으라고 이성이 소리쳤지만 가려면 진작 갔어야 했다고 내 안의 일곱 살짜리 꼬맹이가 고집을 피웠다. 그러는 사이 '불룩한 부분'은 나날이 커져가 마침내 '머리 형태'가 아닌 '머리'가 되었다.

'머리'가 되었다는 것은 머리처럼 생겼다는 등의 비유적인 표현이 아니라 진짜 사람의 머리를 말한다. 부정하고 싶어도 '머리'에 달린 눈이 쐐기를 박았다. 여기서 말하는 눈도 주름이 눈처럼 보인다는 식의 말장난이 아닌 말 그대로 사람의 눈이다. 태연한 척 말하고는 있지만 처음 눈을 봤을 때는 얼마나 놀랐는지. 그것 때문에 '머리'는 마치 늪지대에 발을 잘못 디뎌 눈 바로 아래까지 잠긴 것처럼 보였다. 아래로 가라앉는 늪과는 달리 그것은 위로 떠오르고 있었다. 그것도 내 팔에서. 그것의 앞머리는 눈을 살짝 가릴 정도로 길었다. 음침해 보여서 더 보기 싫었다. 만져본다든가 하는 짓은 생각도 하지 않았다. 아무도 보고 있는 사람은 없었지만 집에서도 팔 부분이 긴

상의를 입었다. 우연이라도 음침한 두 눈을 보고 싶지 않았다. 상황이 생각보다 심각하게 돌아간다는 것을 뒤늦게 깨달았다. 한 번도 교회에 가본 적은 없었지만 생애 처음으로 신에게 기도했다.

"신이시여. 제 팔에 달린 이 기괴한 것을 좀 떼어주시면 감사하겠습니다."

무언가 허전한 느낌이 들어 뒤에 한마디 덧붙였다.

"굳이 직접 나서기가 불편하시다면 괜찮은 병원이라도 소개시켜 주시면 감사하겠습니다. 팔에 눈알 달린 머리가 붙어 있어도 아무것도 묻지 않고 신속하게 조치해 주는 곳이라면 더 좋고요."

요구 사항이 길어서였는지는 몰라도 신은 내 인생 최초의 기도를 묵살했다. 날이 지날수록 옷 아래 불룩 튀어나온 부분이 있는 것이 뚜렷하게 보였다. 상의를 걷고 확인하기가 두려웠다. 음침한 두 눈은 자아가 있는 건지 없는 건지 알 수 없었다. 옷으로 덮어도 저항하지 않는 것을 봐선 적어도 얌전한 편인 것 같았다. 씻거나 옷을 갈아입을 때는 수건으로 덮어두든가 애써 다른 곳을 바라봤다.

하지만 팔에서 무언가 꿈틀거리고 상의가 들썩거리기 시작하자 확인하지 않고서는 당해낼 재간이 없었다. 판도라가 상자를 열기 전에 이런 기분이었을까. 교통사고를 당한 사람은 자신의 몸을 살펴보기 직전에 두려움과 동시에 자멸적인 호기심을 느낀다는 말이 있다. 천천히 자신의 양손에서부터 팔, 피범벅이 된 상체를 본 후 얼마나 온전할지 모르는 하체를 본다. 다리는 어떻게 되어 있을까. 운이 좋으면 타박상에서 끝날 수도 있겠지만 하반신이 완전히 날아가 버렸을 수도 있다.

내가 보게 될 건 타박상일까, 죽기 전 보는 마지막 절망일까. 팔에서 무언가가 한 번 더 꿈틀거렸다. 내 의지는 아니었다. 팔의 주도권을 되찾기 위해서라도 확인해 볼 필요가 있었다. 눈을 감고 상의를 걷은 뒤 천천히 눈을 떴다.

팔에는 달걀이 올려져 있었다. 달걀의 정수리에는 여전히 머리카락이 자라나 있었다. 전에 봤었던 눈은 달려 있지 않은 것 같아 한시름 덜었다. 그때 창문 너머로 햇빛이 들어와 달걀을 정면으로 비추었다. 햇빛을 받은 달걀의 사이사이가 벌어졌다. 누군가 낸 칼집 같은 틈이 벌어지더니 검은색 눈동자가 보였다. 그러고는 처음 만나는 세상을 파악하려는 듯이 이리저리 움직였다. 그것만으로도 끔찍한데 달걀의 눈 아래에는 세로로 길쭉한 반죽 덩어리와 가로로 길쭉한 무언가가 붙어 있었다. 코와 입이었다. 달걀은 더 이상 달걀이 아닌 하나의 머리이자 얼굴이었다. 그리고 그 얼굴은 매일같이 봐와서 너무나도 잘 아는, 바로 내 얼굴이었다.

자신의 팔에 자신의 얼굴이 돋아난 것을 보고도 비명을 지르지 않을 사람이 있을까. 나는 냅다 비명을 질렀다. 나와 마주 본 '얼굴'도 내 비명을 듣고 따라서 비명을 냈다. 내 목소리와 너무나도 똑같았다. 똑같은 목소리에서 감정만 쏙 빼놓은 소리였다. 비명이 자극을 주나 싶어 입을 다물었다. 동시에 '얼굴'도 입을 다물었다. 나를 따라 하고 있나. 당연하겠지만 머리가 잘 돌아가지 않았다. 어쩌면 '얼굴'이 자랄 때 내 뇌도 조금 떼어 간 것일지도 모르지. 이런 시답잖은 생각에 헛웃음이 났다. '얼굴'도 입술 한쪽 끝을 치켜올리고 헛웃음 소리를 냈다.

잠이 덜 깼다고 생각하고 싶었지만 해가 중천이었다. 시험 삼아 방을 어둡게 만들었다. 햇빛을 받고 눈을 떴으니 어두워지면 다시 눈을 감지 않을까 싶었지만 '얼굴'은 여전히 두리번거릴 뿐이었다. '얼굴'이 내 방에서 무언가를 찾고 있는 것 같지는 않았다. 그저 눈이 달려 있으니까 겸사겸사 두리번거리는 것 같았다. 짐승과 다를 것이 없었다. 귀여운 캐릭터, 하다 못해 내 얼굴만 아니면 소원이 없을 것 같다. 내 얼굴이 바보처럼 눈을 끔뻑거리는 모습을 보고 있으니 기분이 울적했다.

'얼굴'을 떼어버려야 한다는 사실은 부정할 수 없었지만 문제는 그 방법이었다. 가장 쉬운 방법이라면 칼로 도려내는 방법이 있다. 마침 얼마 전에 새로 장만한 식칼도 있었다. 팔에 갖다 대고 한 번만 옆으로 밀어주면 목부터 싹둑 떨어져 나갈 것이다. 감정이 없으니 고통도 느끼지 못하겠지. 마음을 먹고 칼을 꺼내 왔다. 칼을 갖다 대면 저항하지 않을까 했지만 도축장이 무엇인지도 모르고 끌려가는 소처럼 '머리'는 물끄러미 식칼을 바라볼 뿐이었다. 식칼이 뭔지 모르는 걸까. 칼을 더 깊숙이 밀어 넣었다. '얼굴'의 목 부분에 식칼이 닿았지만, 생각했던 것만큼 쉽게 잘리지는 않았다.

여기서 말해둘 것은 나는 지금까지 평범한 회사원으로 살아왔고 목은커녕 칼로 누군가를 상처 입힌 적도 없었다. 내 실수는 사람의 목에는 뼈가 있다는 것을 간과했다는 것이다. '얼굴'을 사람으로 볼 수는 없겠지만 이놈도 목에 뼈가 있는지 어느 순간부터 칼이 들어가지 않았다.

"아아아."

'얼굴'이 고통에 찬 신음을 내뱉었다. 아니면 그렇게 들리는

가지치기

것이던지. 서로를 위해서라도 빨리 끝내기 위해 칼에 힘을 주고 쳤지만 가로로 치는 것은 힘이 원하는 대로 들어가지 않아 비효율적인 작업이었다.

"아아아."

마음이 급해졌다. 왼팔이 움직이지 않도록 양다리 사이에 끼워 고정시키고 오른손에 들고 있던 식칼로 단번에 내리쳤다. 목은 어이없을 정도로 쉽게 잘려 나갔다. 그러나 힘을 너무 많이 줬는지 식칼은 목을 자르고도 멈추지 않고 내 오른쪽 허벅지에 박혔다. 무척 고통스러웠지만 간신히 벽에 몸을 기대고 일어섰다. 살짝 움직이자 저절로 빠진 것으로 보아 깊게 박힌 것은 아닌 것 같았다.

걸으려고 하니 다리에 힘이 빠져 몇 번을 주저앉고 나서야 화장실에 도착했다. 선반에서 구급상자를 꺼내 변기에 앉았다. 붕대를 감고 나니 절뚝이긴 하지만 그럭저럭 걸을 순 있었다. 절뚝절뚝 화장실에서 나와 보니 거실 바닥은 피로 홍건했다. '얼굴'의 목에서 나온 피인지 내 허벅지에서 나온 피인지 모르겠다. 바보같이 내 다리를 내가 찍어버리다니.

거실 바닥에는 피 웅덩이 말고도 내 머리가 떨어져 있었다. 진짜 내 머리가 아니라는 것은 알고 있었지만 내 얼굴을 한 머리가 바닥에서 뒹구는 걸 보니 저절로 얼굴이 제자리에 붙어 있나 손으로 만져보게 되었다. '얼굴'을 어떻게 들어야 할지, 어디에 처분해야 할지 고민되었다. 아무리 그래도 머리채를 잡는 것은 너무한 것 같아 양쪽 귀 뒤를 잡고 감싸 올렸다. 진짜 내 머리보다는 크기가 10분의 1 정도로 작긴 했지만 변기에 넣고 물을 내려 보내지는 못할 것 같았다.

영화에서 범죄자들은 시체를 처리할 때 곱게 갈아 고기 완자로 만들든가 믹서로 갈아버렸다. 하지만 내 얼굴을 고기 완자로 만들 생각은 없었고 믹서에 들어갈 정도로 손수 잘게 자를 생각도 없었다. 결국 버리려고 묶어둔 음식물 쓰레기봉투를 열고 그 안에 '얼굴'을 깊숙이 쑤셔 박았다. 음식물 쓰레기를 남들이 눈여겨보지 않을 것 같았다. 결과적으로는 내 얼굴이 쓰레기 더미에 묻히게 되었지만 적어도 고기 완자보다 나은 처지였다. 오지랖 넓은 누군가 음식물 쓰레기봉투에서 '얼굴'을 발견하고 신고하는 일만은 없기를 바랄 수밖에. 경찰에게 변명할 말이 없었다. 아직은 다리가 아프니 버리러 가는 것은 내일 하자.

드디어 혹을 뗐다는 생각에 몸과 머리가 한결 가벼워졌다. 아까까지만 해도 해가 떠 있었는데 벌써 저녁 시간대였다. '얼굴'은 사라졌지만 어느새 습관이 돼버린 벌레 퇴치 향을 켰다. 처음에는 숨쉬기 불편했지만 이제는 특유의 냄새에도 적응이 되었다. 요 며칠 새에 잠에서 깼을 때 머리맡에 벌레 시체가 없었던 것을 보면 날 물었던 벌레는(이제는 날 물었던 것이 진짜 벌레가 맞는지조차 의심스럽다) 한 번의 방문으로 만족한 모양이다. 지금쯤 다른 집들을 둘러보며 맛있을 만한 먹잇감을 물색하고 있을 것이다. 누군가도 나처럼 팔에 자신의 얼굴이 솟아올랐을까. 평소에 사이가 안 좋았던 사람들의 팔이 부어오르는 모습을 상상했다. 그다지 통쾌하지는 않았다. 짜증나는 얼굴이 두 배로 늘었다고 생각했을 뿐이다.

자는 동안 꿈을 꾸었다. 수많은 '얼굴'들이 거실에 쌓여 있는 꿈이었다. 말이라도 꺼냈다가는 몇십, 어쩌면 몇백 개의 '얼굴'들이 매미 떼가 들이닥친 것처럼 시끄럽게 울어댔다. 거실에서 나가고 싶어도 바닥에 깔려 있는 '얼굴'들을 헤치고 나아가야 할 판이었다. '얼굴'을 밟지 않도록 조심하면서 천천히 현관으로 향했다. 귀를 한 번 밟은 것 같기도 한데 밟혔다고 나서는 '얼굴'이 없었다. 누군가 초인종을 눌렀다. 지금 나가는 중이라고 대답하려는 순간 팔에 격통과 간지러움이 동시에 찾아왔다. 초인종을 누른 이가 현관문을 세차게 두드렸다.

"지금 나가요."

고통 때문에 발음이 뭉개졌지만 알아들을 수 있었는지 현관 밖에서 나던 소리가 멈추었다.

현관문을 열자 얼굴을 알아볼 수 없는 사내가 서 있었다. 기억이 나지 않는 얼굴이어서가 아니었다. 그의 얼굴은 심하게 일그러져 있었다. 얼굴은 크게 보이기도 하고 작게 보이기도 했다. 왜인지 똑바로 쳐다보고 있을 수가 없었는데, 분명 목은 하나인데 머리가 여러 개인 것 같아 보였다. 사내가 한 발짝 집 안으로 들어왔다. 그의 얼굴이 더 선명히 보였는데 역시 머리는 하나였다. 여러 개인 것은 하나의 머리에 포도송이처럼 덕지덕지 달라붙은 얼굴이었다. 그리고 그 얼굴들은 물론, 나였다.

깜짝 놀라 잠에서 깼다. 식은땀이 얼마나 났는지 옷이 다 젖을 정도였다. 분명 다 끝났을 텐데. 고작 악몽을 꿨다고 이렇게 무서워하다니. 하지만 그 꿈은 묘하게 사실적이었다. 거실 바닥은 깨끗했고 현관문을 두드리는 사내도 있을 리 없는데 나는 꿈을 두려워했다. 마찬가지로 아무것도 없을 왼팔을 보았다. 한 쌍의 눈이 나를 노려보고 있었다. 노려보는 것은 나만의 착각일까. 아니, 그런 건 어찌 되든 상관없다. 중요한 건

어제 분명히 잘라냈을 '얼굴'이 다시 내 팔에 붙어 있다는 것이다.

내가 어제 쑤셔 박았던 '얼굴'을 확인하려 음식물 쓰레기봉투를 열었다. 깊숙이도 박아 넣었는지 겉으로는 보이지 않았다. 하는 수 없이 오른손을 집어넣었다. 음식 특유의 불쾌하리만치 따뜻한 온기와 각종 오물들이 손에 닿았다. 구역질이 올라왔지만 여기서 토하면 더 찾기 어려워진다는 생각에 목젖까지 올라온 구토를 억눌렀다. 봉투 안을 거의 헤집어 놓은 뒤에야 안에 들어 있는 '얼굴'을 확인할 수 있었다. 어제 '얼굴'을 잘라냈다는 건 아직도 제대로 움직이지 않는 다리가 증명하기도 했다. 그러면 지금 팔에 달린 '얼굴'은 무엇일까. 다시 한번 보고 나서야 왼팔에 난 상처에서 딱지가 떨어졌다는 것을 깨달았다. 자는 동안 내가 긁은 것 같았다. 적어도 꿈에서 나왔던 것 중 하나는 맞았던 셈이다.

오늘은 집 밖에 나가보아야 했다. 슬슬 냄새가 새어 나오기 시작한 쓰레기도 버려야 했고 다리도 후유증이 생기지 않게 병원에 가봐야 했다. 무엇보다 회사에 출근해야 했는데, 그러기 위해서는 또다시 생긴 이 난관을 넘어야 했다.

믿는 도끼에 다리를 찍힌 후 한 가지 교훈을 얻었다. 팔을 어제처럼 다리 사이에 끼우고 허벅지 위에 도마를 올려두었다. 진작 이렇게 했으면 다치는 일은 없었을 텐데. 한 번 해보고 나니 두 번째부터는 저항감이 줄어들었다. 그래도 역시 내 머리인지라 그리 달갑지는 않았다. 두 번째 머리도 음식물 쓰레기봉투에 쑤셔 박았다. 사람의 머리는 작은 볼링공과 무게가 비슷하다. 크기가 줄었으니 무게도 줄었지만 그래도 머리 두 개를 추가한 쓰레기봉투는 금방이라도 찢어질 것 같아서 봉투를 여러 개 겹쳤다. 적어도 아파트 바로 뒤에 있는 쓰레기장까지는 옮길 수 있을 것 같다. 그 뒤로는 뭐, 운이 좋기를 바랄 뿐이다.

엘리베이터에는 윗집에 사는 여학생이 타고 있었다. 지나가면서 몇 번 얼굴을 보긴 했지만 대화는 해본 적 없었다. 간단하게 인사만 하고 구석에 섰다. 엘리베이터가 내려가는 동안 쓰레기봉투를 슬쩍 보았다. 얼핏 보면 거의 눈치채지 못하겠지만 자세히 보니 '얼굴'의 눈이 김치 국물 사이로 보이는 것 같았다. 내 착각인가 싶었지만 눈동자가 좌우로 움직이는 걸 보니 거의 확실했다. 그녀는 휴대폰만 보느라 아직까지는 쓰레기봉투에 관심이 없었다. 하지만 우연히 봉투 안을 보게 된다면 곤란한 상황이 될 것이 분명했다.

엘리베이터 문이 열리자마자 최대한 빠르게 밖으로 나갔다. 다리가 불편해 발을 거의 질질 끌다시피 했지만 모양새가 중요한 것이 아니었다. 최대한 빠르게 간다고 노력은 했지만 사지 멀쩡한 그녀의 빠른 걸음이 더 빨랐는지 금세 그녀는 앞장서서 제 갈 길을 갔다. 다행히 쓰레기봉투에는 눈길 한 번 주지 않았다. 하긴 아침부터 남의 쓰레기봉투를 보면서까지 하루의 기분을 망치고 싶은 사람이 누가 있겠는가. 안심한 나는 충분히 쉬어가며 다친 다리를 끌고 쓰레기장으로 걸어갔다. 운이 좋게도 쓰레기장에는 아무도 없었다. '얼굴' 두 개를 처리하고 나니 어깨가 한결 가벼워졌다. 설마 다시 우리 집으로 찾아오진 않겠지. 손도 발도 없는 '얼굴'들에게는 쓰레기통을 기어오르는 것조차 힘들 것이다.

회사까지는 차를 타고 가면 되니 그다음부터는 수월했다. 팔에는 상처가 있었지만 '얼굴'은 떼놓고 왔으니 안심할 수 있었다. 오랜만에 표정이 밝아 보인다는 후임의 칭찬에 기분이 좋아졌다. 진작 이렇게 했어야 했는데. 문득 이런 것으로 고민했던 내가 어리석어 보였다. 팔에 이상이 없던 시절, 벌레에 물리기 전으로 돌아간 것 같았다. 다른 이들도 설마 내가 출근하기 전에 머리 하나를 잘라내고 왔다는 건 생각도 못 할 것이다.

평소처럼 업무를 마치고 돌아오는 길에 병원에 들렀다. '얼굴'이 없는 팔은 남들이 보기에 이상할 것 없을 테니 다리와 같이 팔도 진료 받을 생각이었다.

"혹시 칼로 찍으셨나요?"

의사에게 다리의 상처를 보여주니 대뜸 물었다.

"아뇨. 그…… 요리를 하다가 그만 칼을 놓쳐서요. 칼을 다루는 게 어렵더라고요. 평소에 요리를 안 해보다가 갑자기 하니 원."

정곡을 찔려 말을 더듬거렸다. 말을 뱉자마자 괜히 길게 말했다면서 후회했다.

"엄청 아프셨겠는데요. 다행히 칼이 깊게는 안 들어갔어요. 살만 파고 들어갔다고 해야 하나. 붕대는 저희가 다시 감아드릴 테니 며칠 동안 병원에서 소독해야 할 것 같아요. 약은 진통제랑 항우울제 드릴게요."

"항우울제요?"

의사와 나는 말없이 서로를 쳐다보았다. 나는 의사가 무엇을 오해하고 있는지 깨달았다.

"아뇨. 진짜로 실수예요. 일부러 그런 게 아닙니다. 일부러 그랬으면 굳이 다리에다 찍었겠습니까. 걸어 다니기도 힘들게."

실수였다는 말은 사실이라 그런지 제대로 말할 수 있었다. 의사는 미심쩍다는 표정이었지만 항우울제는 처방에서 빼주었다.

"안으로 들어가시면 붕대 먼저 감아드릴게요."

그 말에 정신을 차린 나는 황급히 의사에게 말했다.

"잠시만요. 혹시 팔도 봐주실 수 있나요?"

나는 왼팔을 내밀었다. 의사는 눈썹을 찌푸리며 내 왼팔에 얼굴을 들이밀었다.

"상처가 좀 깊게 나셨네요. 손톱으로 너무 세게 긁으신 것 같은데."

"네. 그런 것도 있는데…… 혹시 엑스레이 같은 것으로 찍어 볼 수는 없나요?"

"어디가 불편하신데요?"

"막 가렵기도 하고 아프기도 해서 한번 찍어보고 싶어서요. 혹시나 해서."

"말씀하신 증상대로라면 뼈에 문제는 없을 것 같기는 한데, 정 원하시면 준비하겠습니다."

엑스레이 촬영을 위해 왼팔을 기계 앞에 두는 순간, '얼굴'

이 갑자기 팔에서 솟아나면 어쩌나 싶었다. 이제 이런 걱정을 하는 자신이 피곤했다. 한번 이상한 일을 겪으니 자꾸만 비현실적인 가정을 하게 되었다. 물론 그런 일은 없었고 결과를 기다리는 동안 긴장감 때문에 손톱을 물어뜯으며 앉아 있었다. 다행히 결과는 얼마 지나지 않아 바로 나왔다.

의사는 어쩌면 내 운명을 쥐고 있을지도 모르는 엑스레이 사진을 보고 있었다. 나는 그의 어깨너머로 사진을 훔쳐봤다. 사진이 안 보이는 것은 아니었지만 내가 본다고 해서 어디가 잘못되었는지 알 수 있는 것도 아니었다.

"검사 결과 아무런 이상 없습니다."

의사는 덤덤하게 말했다. 어쩌면 자신의 말이 맞지 않았느냐고 눈치를 주는 걸지도 모른다. 그래도 나는 다시 한번 자세히 봐달라고 간청했다. 상식적으로 사람의 팔에서 머리 하나가 튀어나왔는데 아무런 이상이 없다는 게 말이 안 되지 않는가. 내 간청에 그는 하는 수 없이 다시 한번 사진을 살펴보았다. 나는 두 손을 꼭 모으고 기다렸으나 대답은 아까와 똑같았다. 사정을 모르는 그는 슬슬 지겨워하는 것 같았다.

"가려우신 게 증상이라면 아마 피부 쪽에 문제가 있으실 겁니다. 제가 아는 피부과가 있는데 명함이라도 드릴까요?"

"아뇨. 괜찮습니다."

솔직히 말해 실망스러운 결과였지만 겉으로 내색하지는 않았다. 지금 당장 해결되지 않는다고 해도 어떤 이상이 있는지는 알 수 있을 것 같았는데. 그래도 다리를 치료받아 걷는 게 한결 나아졌으니 다행이라면 다행이었다. 외출 중 아무 문제도 없었으니 그것 또한 좋은 징조였다.

그 이후로도 밖에 나가야 하는 날이든 그렇지 않든 간에 아침이 되면 '얼굴'을 왼팔에서 잘라내는 것으로 하루를 시작했다. 사람은 적응하는 동물이어서, 매일 같은 곳에서 자라나는 '얼굴'을 잘라내다 보니 이제는 커다란 무를 베는 것처럼 아무 생각 없이 기계적으로 할 수 있었다.

잘라내고 나면 '얼굴'의 머리채를 잡고 부엌 쪽 베란다에 있는 '얼굴' 전용 쓰레기봉투에 던져 넣었다. 부엌 쪽 베란다에는 아파트 복도를 향한 조그마한 창문이 있긴 하지만 위쪽에 달려 있어 밖에서 이곳을 들여다보는 것은 불가능했다. 원래는 세탁기나 냉장고를 놔두는 곳이지만 냉장고는 최대한 빠르게 음식을 꺼내 먹을 수 있게 부엌에 설치했고 세탁기는 반년 전쯤 고장 난 이후로 처분하고 코인 세탁소를 이용 중이다. 아파트 단지 내에 있어서 찾아가기도 쉽고 건조기가 있어서 빨리 말릴 수 있다는 점이 좋았다. '얼굴'을 보관하기 전에는 종종 부엌 쪽 베란다에서 담배를 피웠지만, 지금은 '얼굴'을 버릴 때 빼고는 얼씬도 하지 않았다. '얼굴'을 잘라내는 일에 익숙해졌다 해서 수많은 '얼굴'들 사이에서 담배를 피울 수 있을 만큼 강심장이 된 것은 아니었다.

음식물 쓰레기는 일주일에 한 번 버리러 가는데, 그동안 잘라내는 '얼굴'의 개수는 하루에 한 개꼴로, 일주일이면 일곱 개였다. 일곱 개를 쓰레기봉투 하나에 전부 담아서 버리는 건 위험했다. 일단 다른 방법이 생각날 때까지만이라도 베란다에 두기로 했다. 다행히 썩어서 냄새가 나는 건 아니었으니 이웃집에서 눈치챌 가능성도 없었다. 도둑이 몰래 들어왔다가 발견한다면 모를까. 이 경우에도 자신이 도둑질하러 들어간 집에서 주인장의 머리를 발견했다고 떠벌릴 도둑은 없을 것 같았다. 쓰레기봉투가 절반 정도 찼을 때쯤 좋은 방법이 떠올랐다. 떠올랐다기보다는 발견했다는 쪽에 가깝지만.

토요일 밤에 차를 몰고 근처에 있는 산으로 갔다. 처음에는 바다에 버릴 생각도 했었다. 안에 벽돌같이 무거운 것들을 넣어 두면 바닷속으로 가라앉고, 한 번 가라앉은 '얼굴'들은 내

손을 떠나 다시는 떠오르지 않을 것 같았다. 하지만 직접 가보니 이런 걸 버리기에 바닷가에는 사람이 너무 많았고, 항구에서 버리자니 그래도 역시 선원들이나 일꾼들과 마주치기라도 하면 할 말이 없었다. 그래서 선택한 것이 산속이었다. 산속이라 해도 여러 번 오면 분명 누군가의 눈에는 띌 것 같았다. 물론 민간인들이 자주 등산하러 다니는 곳에 버릴 생각은 없었다. 등산로가 아닌 최대한 외지고 구석진 곳에 묻는 것이 내 계획이었다.

삽과 '얼굴'들이 들어 있는 쓰레기봉투가 담긴 가방을 메고 등산을 시작했다. 왕래가 잦은 낮은 산보다 오르기 어렵더라도 높고 험한 산을 택했다. 문제는 내가 등산에 그리 익숙하지 않다는 것이었다. 30분 정도 지났을 때는 들킬 가능성이 크더라도 오르기 쉬운 산을 고르는 게 낫지 않았을까 후회했다. 맨몸으로 오르기도 힘든 길을 무거운 가방까지 메고 가려니 죽을 맛이었다. 숨을 한번 들이쉴 때마다 목이 타들어갔다. 다리가 나았기에 망정이지 다친 상태였다면 오르다 말고 포기해버렸을 것이다. 가방 안에서 들리는 듯한 '아야' 소리도 적지 않게 신경 쓰였다. 그중 가장 최악인 것은 아무에게도 들키면 안 된다는 것이었다. 자기가 자기 '얼굴'을 버리는 것이 범죄인지는 모르겠지만 이게 밖으로 알려지면 상당히 시끄러워질 것은 분명했다. 좋은 일을 해서 유명해진다면 모를까 이런 기이한 일로 세상에 알려지는 것은 바라지 않는다. 어두컴컴해서 손전등을 켜지 않을 수는 없었지만 최대한 바다 쪽을 비추면서 걸었다. 위를 보지 못해 튀어나온 나뭇가지에 머리를 부딪히기도 했지만 묵묵히 '얼굴'을 묻을 만한 곳을 찾았다.

산에 오른 지 3시간이 지나서야 겨우 안심할 만한 곳을 발견했다. 숨이 차 죽을 것 같았지만 빠르게 삽을 꺼내 땅을 팠다. 땅을 파는 것도 생각만큼 쉬운 일이 아니었다. 팔은 떨어져 나갈 것 같았고 손바닥에는 물집이 잡혔다. 살면서 이렇게 힘든 날이 있었던가. 운동과는 담을 쌓고 살아왔지만 이 정도는 할 수 있을 것 같았는데. 이제 와서 그만둘 수도 없었다. 아무 소득도 없이 다시 이 길을 내려가라니. 나무를 뿌리 뽑는 한이 있더라도 '얼굴'들을 묻어야 했다.

겨우 '얼굴'들이 들어갈 만큼 깊은 구덩이를 파냈다. 가방을 거꾸로 들어 '얼굴'들을 탈탈 쏟아냈다. 다시 삽으로 묻으면서 이렇게 하면 숨을 못 쉬지 않을까 생각했다. 그러나 잘라내도 죽지 않는 것들에게 죽음이 있을까. 죄책감을 덜어내려는 속편한 생각일 수도 있지만, '얼굴'들이 죽는 모습이 상상이 가지 않았다.

"거기 누구요?"

산중의 고요함을 깨는 목소리가 들렸다. 어떤 남자가 나를 향해 소리치고 있었다. 나는 재빨리 손전등을 껐다. 저 멀리서 불빛이 흔들렸다. 가까이 오고 있는 것인지 멀어지고 있는 것인지 구분이 안 되었다. 다시 흙을 덮기에는 시간이 촉박했다. 나는 최대한 땅바닥에 엎드렸다. '얼굴'들은 다행히 조용히 하고 있었다. 불빛을 든 누군가가 지나가기를 숨죽여 기다렸다. 그는 대답이 없자 한동안 가만히 서 있더니 저 멀리 사라졌다. 언덕 같은 것에 가려 잠시 보이지 않는 것일 수도 있겠지만 나에게는 절호의 기회로 보였다. 손전등 불빛이 새어나가지 않게 최대한 바닥에 붙인 뒤 흙을 마저 덮었다. 시간이 많지는 않았지만 급하다고 대충 묻고 가버리면 나중에 들킬 공산이 컸다. 경찰들은 내 얼굴만으로도 거주지나 직장은 물론이고 어느 마트에 자주 가는지조차 탈탈 털어낼 수 있을 것이다.

잘 보이지 않게 나뭇잎 같은 것으로 위장까지 해준 뒤에야 일어날 수 있었다. '얼굴'을 묻은 이상 이제는 다른 사람에게 모습을 보여도 거리낄 것 없었다. 아까 그 사람은 먼저 내려갔는지 보이지 않았다. 다음에는 다른 방법을 써야겠다고 생각했다. 차라리 낚싯배를 하나 빌려서 바다 중간에 버리는 건 어떨까. 아니면 버려진 쓰레기 매립지 같은 곳을 찾는 것도 좋겠지. 무엇이 되었든 새로운 방법을 최대한 빨리 찾아보아야 했다.

산을 거의 내려왔을 때쯤 주차장에 주차된 내 차 옆에 누군가 있었다. 아까 소리를 지른 남자인가 싶었지만 내려오는 길 반대편으로 사라졌던 그가 나보다 빨리 도착할 수는 없었다. 희미한 가로등이 그의 얼굴을 어렴풋이 비추었다. 멀리서는 잘 보이지 않아 나는 산을 마저 내려가며 그가 누군지 자세히 보려고 했다. 남의 차 옆에서 서성대는 사람이 정상일 리는 없으니 무기로 될 만한 것을 들어야 할지 고민됐다. 근처에 있는 것이라고는 나뭇가지뿐이었는데 이런 걸로 괴한을 쫓을 수 있을까.

주차장에 도착하니 남자의 얼굴이 선명히 보였다. 그는 꿈에 나왔던 얼굴이 뒤틀린 사내였다. 그는 자신의 얼굴을 사이드미러에 비춰보고 있었다. 나를 눈치챈 것은 아닌 것 같았다. 여전히 수많은 '얼굴'들이 그의 얼굴이 있어야 할 자리에 붙어 있었다. 저래서야 거울을 봐봤자 무슨 소용일까. 그가 차 옆에 있는 이상 도망칠 곳도 없었다. 다시 등산을 하기에는 몸이 지쳤다. 전전긍긍하던 와중 가로등이 한번 깜빡이더니 남자는 사라졌다. 조심스레 차에 다가가자 어디선가 굉음이 들렸다. 재빨리 차에 타 벌벌 떨었지만 아무런 이상이 없는 것으로 보아 근처에 있는 공사장에서 난 것 같았다. 집에 도착했을 때는 실제로 그 남자가 있기는 했는지도 헷갈렸다.

산에 '얼굴'을 대량으로 묻은 지 정확히 10일이 지났을 때였다. 아침에 '얼굴'을 잘라낸 왼팔이 불과 반나절이 채 되지 않아 다시 가렵기 시작했다. 팔은 변화가 눈에 보일 정도로 빠르게 부풀었다. 집이면 좋았겠지만 안타깝게도 회사였고, 이곳에서 팔을 걷고 확인하기에는 주변에 보는 눈들이 너무 많았다. 최대한 자연스럽게 화장실로 향했다. 후임이 어디 아프냐면서 안색이 안 좋다고 물어본 것을 보면 내 연기가 썩 좋지는 않았던 것 같다.

문을 잠그고 변기에 앉은 뒤 소매를 걷자 역시나 '얼굴'이 자라나고 있었다. '얼굴'은 지금까지 내가 잘 때 자라났기 때문에 그 과정을 직접 보는 것은 처음이었다. 생각보다 극적인 변화는 아니었다. 그저 해가 떠오르듯 팔에서 '얼굴'이 튀어나왔을 뿐이다. 익숙해진 고통과 가려움도 '얼굴'과 같이 왔다. 칼을 회사에 들고 올 생각은 못 했기 때문에 지금 당장 '얼굴'

을 뗄 수는 없었다. 점심시간에 서둘러 집에 가면 늦지 않게 자르고 올 수 있을 것 같았다.

문제는 지금이었다. 예전, 그러니까 '얼굴'의 눈만 팔에서 튀어나왔던 시기에는 긴소매를 입는 것으로 어떻게든 넘어갈 수 있었다. 거기서 조금 더 튀어나와도 보호대나 아대를 찼다고 하면 넘어가지 못할 것도 없었다. 하지만 '얼굴' 전체를 긴소매만으로 덮기에는 '얼굴'이 너무 컸다. 유리를 깨서 유리 조각으로 자를까? 너무 미친 생각 같았다. 성공 여부는 둘째 치고 유리를 깨는 것만으로도 이상한 취급을 받을 것이다. 다시 생각해 봐도 '얼굴'을 여기서 자를 방법은 없는 것 같았다.

휴대폰을 확인해 보니 점심시간까지는 1시간 정도 남아 있었다. 문을 손톱만큼만 열어서 밖을 둘러본 뒤 왼팔을 외투로 가리고 자리로 돌아갔다. 다들 자기 일에만 열중해 있어 아무도 날 보고 있지 않았다. 평소에는 썩 마음에 들지 않았던 삭막한 분위기가 지금만큼은 좋았다. 자리에 도착하고 나서는 왼팔을 책상 밑에 숨겼다. 팔이 움찔거리는 것이 느껴졌다. 누군가 내 쪽으로 올 때는 일부러 몸을 책상 쪽으로 숙여 팔을 못 보게 했다. 일은 눈에 들어오지도 않았다. 1시간은 더 지난 듯해 확인해 보니 아직 5분도 채 지나지 않았다.

가지치기

10시간 같은 1시간이 지나고 누군가 말했다.

"밥 먹고 합시다, 밥 먹고."

그 말을 신호탄으로 하나둘씩 일어났다. 먼저 일어섰다가 어떤 일이 일어날지 모르니 다들 나갈 때까지 앉아 있었다. 사무실에 남아 있는 마지막 사람이 되었을 때 아까처럼 왼팔을 외투로 가리고 주차장까지 뛰어갔다. 점심을 먹지 않는다고 해도 집까지 갔다 오려면 시간이 빠듯했다.

집에 도착하자마자 식칼을 꺼내 팔을 다리에 끼웠다. 물론 도마도 잊지 않았다. 매일 해오던 일이었지만 마음이 너무 급해서 그랬는지 '얼굴'의 목을 친다는 것이 그만 입가를 쳐버렸다. '얼굴'의 입은 눈 바로 아래까지 찢어졌다. 한 번 실수하니 손이 떨려서 제대로 조준할 수가 없었다. 벽에 걸린 시계를 보자 지금 출발해야 늦지 않을 시간이었다. 여러 번 내리치고 나서야 겨우 자를 수 있었다. 거의 난도질이 되어 있는 수준이었지만 어쩔 수 없었다. 빠르게 쓰레기봉투에 넣은 뒤 집을 나왔다. '얼굴'들이 새로운 신입을 환영하는 동안, 나는 교통경찰이 보면 눈이 돌아갈 만큼 과속해 겨우 회사에 도착했다. 2분 정도 늦었지만 이정도야 화장실에 갔다 왔다고 말하면 넘어가 줄 것이다. 다행히 아무도 추궁하지 않았고 남은 시간은 비교적 평안하게 있을 수 있었다.

키보드를 두드리며 방금 있었던 일에 대해 생각했다. 지금까지 '얼굴'은 하루에 하나만 자랐다. 내가 아직도 모르는 것이 있는 걸까. 아니, 내가 '얼굴'에 대해 아는 것이 있긴 한가. 지금부터 알아가려고 해도 너무 늦은 것이 아닐까, 그런 불길한 생각이 들었다.

이를 증명하듯 다음 날에는 거짓말같이 왼팔에 '얼굴'이 나지 않았다. 대신 오른 다리에 자리 잡고 있었다. 하루에 두 개가 나오는 것도 모자라 이제는 나오는 위치까지 바꿔서 나오는 판국이라니. 다행히 왼팔보다는 오른 다리가 '얼굴'을 자르기는 더 쉬웠다. 하지만 이러면 내일도 왼팔, 아니면 오른 다리에서 나올 것이라는 보장이 없었다. 이제 보장할 수 있는 것은 아무것도 없는 것이나 마찬가지다.

불길한 예감은 엇나가는 법이 없었다. '얼굴'은 온몸에서 나오기 시작했다. 팔이나 다리처럼 쉽게 찾을 수 있고, 손도 쉽게 닿는 곳에 있다면 운이 좋은 날이었다. 그러지 않은 날도 많아서 아침에 눈을 뜨고 가장 먼저 하는 일은 다름 아닌 '얼굴'을 찾는 것이 되었다. '얼굴'을 찾을 때까지는 아무것도 할 수 없었다.

가지치기

왼쪽 가슴에 붙어 있는 날도 있었고 발등에 있던 날도 있었다. 가장 곤란했던 날은 등에 '얼굴'이 붙어 있던 때였다. 처음에는 발견하지도 못하고 시간만 지나 전전긍긍한 상태로 회사에 출근하는 수밖에 없었다. 오늘은 어디에 달려 있기에 아직도 발견하지 못했을까. 차에 올랐을 때야 등에서 이질감이 느껴졌다. 아무리 등을 젖혀도 의자에 닿지 않았다. 등 뒤로 손을 뻗어보자 혹 같은 것이 만져졌다. 내가 하룻밤 사이에 낙타가 된 게 아닌 이상 등에 달린 것이 혹이 아닌 '얼굴'이라는 것은 직접 보지 않아도 뻔했다.

팔도 겨우 닿는 판국에 식칼로 잘라낸다는 것은 꿈도 꿀 수 없는 상황이었다. 다행히 가방이 있으니 남들에게 들킬 위험은 없을 것 같았다. 하지만 등에 '얼굴'을 달고 다니니 앉거나 눕는 것도 부자연스럽고 불편했다. 앉아도 의자에 등을 기대지 못하니 어색하게 몸이 앞으로 쏠린 상태로 있을 수밖에 없었다. 당연히 누울 생각은 하지도 못했다. 누워서 잘 때는 옆으로 몸을 돌리고 자야 했다. 같은 자세로 오래 있어서 일어나고 나면 옆구리가 잘 움직이지 않았다. 몸에 깔린 상태로 밤을 새운 팔은 저려서 점심때까지 움직이질 않았다.

'얼굴'들의 탄생은 여기서 끝나지 않았다. 등에서 나온다면 잘리지 않는다는 것을 알아차렸는지 등에 달린 혹은 날이 갈수록 하나씩 늘어갔다. 등에서 알을 부화시키는 개구리도 있다고 하는데 내가 딱 그 꼴이었다. '얼굴'들을 붙이고 다니려니 항상 등이 구부러질 수밖에 없었다. 틈만 나면 칼로 하나라도 잘라보려고 시도했지만 애처롭게 팔만 이리저리 휘두르고 끝날 뿐이었다. '아야' 소리가 나는 것으로 보아 찌르고 있는 것은 분명한데, 목을 자를 수 있을 정도의 힘으로 등 뒤를 노리는 것은 불가능했다. 내가 낼 수 있는 것이라고는 기껏해야 생채기였다.

등에 '얼굴'이 처음 생기고 일주일 후에 거울로 상태를 확인해 보았다. '얼굴'이 빽빽이 매달려 있어 맨살이 보이지 않을 정도였다. 마치 포도알처럼 '얼굴' 바로 옆에 '얼굴'이 있었다. 몇몇은 칼에 찔린 상처가 나 있었지만 대부분은 멀쩡한 얼굴로 거울을 쳐다보았다. 나는 충동적으로 벽을 향해 뒤로 달려갔다. 최대한 전력을 다해 벽으로 몸을 던지자 뿌직하며 뇌가 으깨지는 소리가 작게 들렸다. 다시 거울로 확인해 봤지만 겉모습만 더 흉측해졌을 뿐이었다. 나는 무엇을 기대했던 것일까. 굼바처럼 납작해지기라도 했을까 봐?

'얼굴'들은 등을 정복한 뒤 점점 자신들의 서식지를 넓혀나갔다. 팔과 다리에서 나와봤자 집주인의 칼질이 기다리고 있다는 것을 드디어 깨달았는지 이제 팔과 다리에는 얼씬도 하지 않았다. 대신 내가 쉽게 볼 수 없거나 본다고 해도 손쓰기가 어려운 곳에서 부화했다. 그나마 엉덩이를 정복당하지 않은 것이 다행이었지만 그마저도 시간문제였다. 고민을 좀 더 해보고 싶었지만 그러기에는 시간이 없었다. 며칠 더 지체했다가 온몸이 '얼굴'로 뒤덮일 판이었다. 병원을 가든, 누군가에게 칼을 주고 등에 있는 혹을 떼어달라고 하든 도움을 청해야 했다. 나 혼자 사태를 해결하기에는 너무나 멀리 와버렸다.

마지막으로 버리게 될 '얼굴'이 담긴 쓰레기봉투를 들고 집 밖으로 나섰다. 굳이 쓰레기봉투를 숨기려 하진 않았지만 모르는 사람이 봤다가 심장마비에 걸릴 수도 있으니 포스트잇으로 '놀라지 마세요. 마네킹입니다.'라고 써서 붙였다. 똑같은 얼굴이 셀 수 없이 많이 들어 있으니 진짜 사람 머리라고는 생각하지 못할 것이다. 생각한다고 해도 글쎄, 어차피 곧 공공연해질 비밀이었다. 병원에 가면 아무리 비밀 유지에 힘쓰려 해도 소문이 퍼지기 마련이다. 의사나 간호사들은 히포크라테스 선서와 나이팅게일 선서 덕분에 입을 꾹 닫아준다 해도 민간인들의 입도 막을 순 없었다. 등에 '얼굴'이 매달려 있는 남자의 이야기라면 굳이 기자가 아니더라도 흥미를 느낄 만한 주제였다. 유튜브나 텔레비전에 출연할 수도 있었다. 물론 내 동의는 일절 무시한 채. 집에도 기자들이나 호기심으로 가득 찬 사람들이 찾아올 것이고 어쩌면 이사를 가야 할 수도 있었다. 지금 사는 집이 마음에 들었던지라 아직 벌어지지 않은 일인데도 짜증이 났다.

쓰레기봉투를 버리고 바로 병원에 도착하자 사람들의 시선이 의식되었다. 착각이 아니라 실제로도 그들은 나를 뚫어져라 쳐다보는 중이었다. 대부분은 손으로 입을 막거나 놀란 표정으로 나한테서 멀어졌고 개중에는 공포로 가득 찬 비명을 지르는 사람도 있었다. 내 팔을 보았지만 팔은 다른 사람들처럼 멀쩡했다. 등에는 가방을 메고 있었기 때문에 아무것도 보이지 않을 터였다. 나는 행여나 내가 놓친 '얼굴'이 있는지 몸을 더듬어보았다. 하지만 '얼굴'이 달린 곳은 전부 등이나 종아리처럼 내가 보여주지 않고서야 '얼굴'이 있다고 생각하기는 어려운 곳이었다. 그렇다고 누군가를 붙잡고 물어볼 수는 없었다. 내가 지나가기만 해도 벌벌 떠는 사람들과 대화가 될 리 없었다. 나는 조용히 차례를 기다렸다. 아무도 내게 다가오지 않았다.

차례가 되어 진료실에 들어갔다. 저번에 다리를 치료해 줬던 그 의사였다. 그는 무심히 컴퓨터를 쳐다보다가 나와 눈이 마주치자 들고 있던 볼펜을 떨어뜨렸다. 이해되지 않는 사람들의 반응에 슬슬 답답해지기 시작했다.

"세상에."

의사는 무슨 일로 오셨어요, 같은 질문 따위는 하지 않았다. 짧디짧은 감탄사를 마지막으로 그는 입을 다물었다. 가만히 있으면 내일까지 둘 다 여기 있을 것 같았기에 나는 먼저 말을 꺼냈다.

"제 등 좀 봐주세요, 선생님. 이상한 것이 있을 테니 놀라지 마시고요."

의사는 미약하게 고개를 끄덕였다. 상의를 벗고 뒤돌아 등을 보여주었다. 지금까지 아무에게도 보여주지 않은 '얼굴'을 남에게 처음으로 보여주니 속이 후련했다. 의사는 한 번 더 감탄사를 내뱉고는 손에 장갑을 끼고 '얼굴'들을 만졌다.

"이미 죽은 것처럼 보이는 것들도 있는데, 아프지는 않으셨나요?"

"네. 선생님, 잘라낼 수 있을까요?"

161

"등에 있는 건 잘라낼 수 있겠네요."

그는 마치 다른 것이 문제라는 말투였다.

"그게 무슨 말씀이세요? '등에 있는 건'이라뇨."

"……아직 모르세요?"

의사는 눈을 크게 뜨고 물었다. 바보가 된 것 같은 느낌에 나는 대답하지 않았다.

"머리도 식히실 겸 화장실에 한번 갔다 오시는 게 좋을 것 같아요."

하고 싶은 말은 많았지만 군말 없이 그의 말에 따랐다. 다 생각이 있어서 그러겠지.

화장실에는 거울이 있었다. 거울 안에는 내가 있었다. 내 목은 두 갈래로 나뉘어 있었다. 두 갈래로 나뉜 목의 왼쪽과 오른쪽 모두 '얼굴'이 달려 있었다. 하나는 내 것임이 분명했다. 나는 거울에서 눈을 떼고 오른쪽을 돌아보았다. '얼굴'과 눈이 마주쳤다. 크기는 내 진짜 얼굴과 똑같았다. 비명은 지르지 않았다. 내가 입을 뻐끔거릴 때마다 '얼굴'도 따라 했다.

밖에서 누군가 노크했다. 나는 문을 열기도 전에 그가 꿈에 나왔던 사내라는 것을 깨달았다. 문을 잠근 뒤 주먹으로 거울을 깼다. 거울이 깨지는 소리가 화장실에 울려 퍼졌다.

"무슨 일이세요?"

사내가 물었다. 꿈에서 그는 단 한 번도 말한 적이 없었는데 그 이유를 이제야 알았다. 그의 목소리는 내 목소리와 똑같았다. 그러나 한 명이 아닌 듯 목소리 여러 개가 겹쳐서 들렸다.

나는 거울 조각을 집어 들고 목을 그으려 했다. 하지만 목이 나뉜 부분은 너무 넓어서 거울 조각으로 자르기에는 어려웠다. 사람의 목뼈를 자그마한 거울 조각으로 자를 수 있는지는 둘째 문제였다.

문밖에서 노크 소리가 거세졌다. 수많은 사람들이 내 목소리로 뭐라고 외치고 있었다. 아마 문을 열라든가, 걱정되니 119를 부르겠다는(여기는 병원 안이다) 얘기였을 것이다. 그에 반응하듯 내 오른쪽 목에 달린 '얼굴'도 입을 크게 벌리더니 나를 똑바로 보며 말했다.

"괜찮으세요오오."

나는 어느 것이 내 얼굴인지 헷갈리기 시작했다.

비어 있는 상자

이승훈

†

새벽 5시 반.

인력사무소 건물 앞 거리엔 여느 때처럼 다양한 나이대의 사람들이 서성거리고 있었다. 20대 초반 젊은이부터 70대 노인까지, 돈을 벌어야 하는 각자만의 사연을 안고 일찍부터 이곳에 왔다. 하지만 모두가 돈을 벌 수는 없었다. 늘 일을 구한 사람과 그러지 못한 이들로 나뉜다. 겉으로 보기엔 노동 현장으로 나갈 준비에 마냥 활기차 보이지만, 사실은 일을 못 구한 사람들의 절망과 공포도 함께 뒤섞여 있다. 오히려 그 컴컴하고 어두운 감정이 더 많은 자리를 차지하고 있다.

정훈은 터벅터벅 인력사무소 건물에서 걸어 나왔다. 거리에 서서 한숨을 푹 쉬더니, 그대로 길바닥에 엉덩이를 깔고 앉았다. 정훈은 오늘도 일을 구하지 못했다.

"아, 어떡하지?"

자기도 모르게 혼잣말을 했다. 잠시 후, 길가에 세워진 회색 승합차 다섯 대가 하나둘씩 시동을 걸자, 일을 구한 사람들은 자신이 배정받은 승합차로 걸어갔다.

"정훈 씨 오늘도 공쳤어?"

최 씨가 제일 앞 승합차 쪽으로 걸어가다 말고 정훈에게 말했다.

"네, 또 데마찌요."

최 씨가 정훈을 내려다보며 씨익 웃었다.

"그러게 내 말했잖여. 기술 배우라고. 요즘은 전문직 아니면 일 구하기 힘들어. 봐, 나는 60이 넘어도 이렇게 일 잘 나가잖아. 그렇게 앉아 있지 말고, 당장 어디 기술 학원 같은 데 좀 가봐."

"당장 빚 갚을 돈도 없는데 그런 델 어떻게 가요?"

누군가 최 씨를 불렀다. 최 씨는 정훈을 보며 또 씨익 웃다가 고개를 한 번 젓고는 승합차로 뛰어갔다.

"이젠 다음에 또 보자는 말씀도 안 하시네."

비어 있는 상자

제일 앞 승합차부터 그곳을 떠나기 시작했다. 정훈처럼 일을 구하지 못해 거리에 남겨진 사람들 모두가 승합차 뒤꽁무니를 바라봤다. 정훈은 '에이 씨, 봐봤자 일이 떨어지냐.' 생각하면서 아예 반대쪽으로 시선을 돌렸다.

그때, 한 검정 승합차가 출발 준비를 하고 있던 제일 끝 승합차 뒤로 와 천천히 멈춰서더니 비상등을 켰다. 아주 가끔 뒤늦게 일이 생기는 경우가 있다. 이유는 다양하다. 누군가 연락도 없이 일을 안 나왔거나, 예상보다 인력이 더 필요하거나, 스케줄이나 공사 현장에 따라 아침 일찍부터 공사가 불가능하거나 등등. 대개 그런 현장은 오전 늦게 또는 오후 1시 무렵에 일을 시작했다. 이런 정보를 정훈도 잘 알고 있었다. 처음 나갔던 현장이 그랬기 때문이다.

검정 승합차의 깜빡거리는 비상등은 자칫 시뻘건 괴물의 눈처럼 보일 수도 있지만, 정훈의 눈에는 그저 희망의 불씨였다. 기다리고 자시고 할 틈도 없이 정훈은 벌떡 일어나 차로 달려갔다. 앞에 서자마자 바로 조수석 창문을 똑똑 두드렸다. 아무 반응이 없었다. 정훈은 창문을 한 번 더 두드리려다, 혹시 안에 인부들이 잔뜩 있어서 자기 자리가 없으면 어쩌나 하는 생각이 들었다. 그래서 일단 창문에 얼굴을 가까이 가져가 안을 살펴봤다. 사람은 운전석에 앉은 남자 한 명뿐이었다. 뒷좌석에는 시트가 하나도 없었고 그 자리엔 기다란 종이 상자 아홉 개가 쌓여 있었다. 물건을 싣고 나르는 용도로 개조된 차였다.

정훈의 시선이 꽂힌 상자는 예전 전기공사 현장에서 봤던 대형 LED 등을 담은 상자 모양과 비슷했다. 갑자기 정훈의 심장이 쿵쾅거렸다.

똑똑똑똑.

이번엔 조금 더 세게 두드렸다. 그러자, 조수석 창문이 천천히 내려갔다.

운전석에 있는 남자는 눈동자가 아예 보이지 않을 정도의 반달눈으로 웃으며 정훈을 보고 있었다. 나이는 50대 정도로 보였다. 까무잡잡한 피부에 주름이 많았고, 비쩍 말랐지만 근육으로 다져진 체형이었다. 옷차림은 지금 거리에 남아 있는 사람들과 다를 바 없었다. 여기저기 뜯어지고 물이 다 빠진 검은색 군모에, 처음 보는 브랜드명이 새겨진 회색 티셔츠, 통이 약간 큰 검은색 면바지.

"아저씨, 이거 현장 나가는 차죠?"

남자는 입을 열지 않았다. 계속 반달눈으로 웃는 표정이다.

"에이, 맞죠? 지금 바로 나가는 거예요?"

"혹시 오늘 현장 배정받았어요?"

정훈의 말이 끝나는 동시에 남자가 말했다. 남자의 목소리는 톤이 가늘고 높았다. 아직 변성기가 오지 않은, 중학생 1학년 정도의 목소리였다.

"……아뇨."

남자는 갑자기 코를 파기 시작하더니 코딱지를 뒤 칸으로 튕겼다.

정훈의 시선이 날아가는 코딱지를 따라갔다. 그 바람에 쌓여 있는 상자들을 자세히 볼 수 있었다. 상자는 슬라이드로 여닫는 상자였고, 아무것도 프린트되어 있지 않았다. 세로 길이는 정훈이 현장에서 봤던 110센티 LED 등보다 50~60센티 정도 더 길었고, 가로 길이는 자신의 어깨너비 정도였다. 그리고 높이는 한 30센티미터는 되어 보였다.

–안에 뭐가 들은 거지?

"잠깐 기다려봐요."

남자는 주머니에서 폴더폰을 꺼내더니 잠시 멈칫했다.

"전화 좀 해야 되니까, 저기 멀리 떨어져 있어봐요."

"네 알겠습니다. 잘 좀 부탁드릴게요. 진짜 일하고 싶어요.

저 일 잘합니다."

정훈이 천천히 뒤로 걸으며 말했다. 남자는 고개를 끄덕이며 손등을 바깥쪽으로 휘젓고, 번호 하나를 꾹 눌렀다.

"예, 부장님. 접니다. 최 씨."

─이 아저씨도 최 씨네?

정훈이 담배 한 개비를 꺼내 불을 붙였다. 그러곤 최 씨의 입을 뚫어지게 봤지만, 그는 짧게 뭐라 말하거나 주로 대답만 해서 어떤 얘기가 오가는지 정확하게 알 수 없었다. 계속 속을 알 수 없는 반달눈으로 통화 중이었다. 그래도 일이 잘 풀리고 있겠거니 믿을 수밖에.

3분이 조금 지나고 통화가 끝났다. 최 씨가 정훈에게 오라고 손짓했다.

"오늘 몇 시까지 일할 수 있어요? 야근도 가능해요?"

"야근이면 더 좋죠! 밤 10시, 아니, 12시까지 해도 상관없어요. 야근 수당만 잘 챙겨주시면야 밤샘도 가능해요."

반달눈 최 씨가 "일단 타세요." 하며 조수석 문의 잠금을 풀었다.

툭 하는 잠금 풀리는 소리가 나자마자 정훈이 차에 올라탔다. 너무 털썩, 세게 앉는 바람에 뒤쪽에 실려 있는 상자들이 한꺼번에 들썩였다. 동시에 최 씨가 고개를 획 뒤로 돌렸다. 최 씨의 반달눈이 순간 사라졌다.

"아, 죄송해요."

최 씨는 정훈의 말에 아무 대꾸도 하지 않고, 한참 동안 무표정으로 상자들을 노려봤다. 그러곤 천천히 정훈 쪽으로 고개를 돌려 다시 미소를 지었다.

"차 올라탈 땐 살살."

"네. 명심하겠습니다. 죄송합니다."

"음…… 오늘 일하시는 거 보고 앞으로 계속 같이 일할지 말지 결정할 거예요. 일 잘하시면, 내일부터는 인력사무소 안 끼고 우리랑 다이렉트로 같이 일하는 겁니다. 수수료 안 떼요."

"오 정말요? 그럼 완전 좋죠. 진짜 열심히 하겠습니다."

정훈이 최 씨에게 여러 번 고개를 꾸벅 숙이며 인사를 했다. 그러다가 문득 든 생각에 갑자기 고개를 들었다.

"그런데 일당이 얼마예요?"

"일당이 아니라, 건수로 받는 거예요. 건당 10만."

"건당 10만 원이요?"

"상자 개수가 곧 건수라고 보면 돼요."

정훈의 입이 천천히 벌어졌다.

"아니, 뭐 하는 일이길래 그렇게 감사한 시스템이래요?"

"가면서 얘기합시다."

차가 움직이기 시작할 때, 뒤쪽 상자에서 '쌔액' 하는 소리가 났다. '슈우' 하는 바람 빠지는 소리도 났다. 그 소리를 들은 최 씨는 백미러로 상자들을 본 다음, 정훈을 힐끗 쳐다봤다. 정훈은 안전벨트를 매면서 바보같이 흐흐거리며 웃었다. 심지어 퍼레이드 카에 탄 것처럼 아직도 인력사무소 앞의 거리를 서성이는 사람들에게 손을 흔들었다.

또 상자에서 소리가 났지만 정훈은 듣지 못했다. 최 씨는 입술을 동그랗게 모아 그 소리를 따라 했다.

"슈우. 슈우."

◆◆◆

날이 제법 밝아져서 거리에 깔려 있던 푸르스름한 새벽 기운이 사라지고, 새하얀 아침 햇살이 정훈과 최 씨, 둘에게 내리쬐었다.

"배달이요?"

정훈이 살짝 침을 튀기며 말했다.

"아니 무슨 배달이 건당 10만 원이에요?"

"흠······."

최 씨가 잠깐 뜸을 들이다 입을 열었다.

"구하기 힘든 것들이라 그래요."

"······아무리 그래도."

"뭐 일단 돈 많이 받고 좋잖아요. 사실 나도 정확히는 몰라. 괜히 알 필요 없는 걸 알았다가 낭패 보는 경우가 많습디다. 특히 큰돈 오고 가는 일 중에는 알아도 몰라야 상책인 것이 있어요. 우리는 그저 물건 싣고, 배달만 해주면 오케이."

‒그래, 일단 돈부터 벌자.

너무 좋은 조건이라 의심스러웠지만, 대출 빚을 생각하면 뭐든 해야 했다.

"네, 알겠습니다. 그런데 일은 매일 있나요? 배달이 많아서 저 쓰시는 거죠?"

"뭐, 그런 이유도 있고. 실은 내가 한 여섯 달 전에 뇌출혈이 한 번 왔었어요. 그 이후로 계속 약을 먹고 있기는 한데, 혼자 일하다가 또 쓰러지면 골치 아플 것 같아서. 일은 매일 있으니까 걱정 마요. 그보다, 몇 살이에요? 한 서른 살 정도 돼 보이는데?"

"저 올해 서른아홉입니다. 말씀 편하게 하세요. 그런데 올해 연세가 어떻게……."

"난 쉰하나요. 딱 띠동갑이네."

둘의 대화는 통성명으로 시작해 이후에는 정훈의 개인적인 얘기로 이어졌다. 대출이란 대출은 다 끌어와 주식, 가상 화폐로 2년 만에 2억을 잃은 얘기. 빚 갚을 생각에 눈이 멀어, 잘 다니던 회사를 그만두고 받은 퇴직금으로 어떤 액세서리점 프랜차이즈에 투자했다가 사기를 당해 돈을 다 날린 얘기. 그동안 몰래 모은 돈으로 달마다 나가는 이자를 감당했는데, 이제 다음 달부터는 그 비자금이 바닥날 처지에 놓인 얘기. 그래서 한 달 전부터 꼭두새벽에 일어나 인력사무소를 기웃거리며 살아온 얘기까지.

오늘 처음 만난 최 씨 앞에서 정훈은 자기 사정을 다 털어 놨다. 그동안 자신을 억누르고 있던 불안과 죄책감을 한꺼번에 해소하는 기분이 들었다. 무엇보다 열악한 처지를 다 말해야만, 내일도 모레도 앞으로도 계속 이 일을 할 수 있을 것 같았다. 최 씨가 자기를 측은하게 보길 바랐다.

"앞으로 잘 좀 부탁드릴게요."

"참 딱하긴 한데, 내가 이 일을 10년이나 했어도 아직 결정

권이 없어. 아까 아침에 부장님한테 얘기를 잘하긴 했는데, 이따가 대표한테도 좋게 얘기해 볼게. 그러니 꾀부리지 말고 열심히 해."

스읍, 슈우.

상자에서 또 소리가 났다. 하지만 정훈은 두 손을 모아 고개를 아까보다 더 꾸벅 숙이며 "감사합니다.", "뭐든 돈 되는 일이면 다 하겠습니다.", 심지어는 "사랑합니다."라고까지 큰 소리로 아부하는 바람에 또 최 씨만 그 소리를 들었다.

◆◆◆

차는 산남대교를 건너, 전담동 어느 5층 빌딩 앞에 섰다. 약국, 한의원, 내과, 이비인후과, 정형외과에 정신과까지 있는 메디컬 빌딩이었다. 층마다 헬스장, 필라테스, 미용실, 유명한 프랜차이즈 식당과 카페도 있었다. 정훈은 조수석에 앉은 채 고개를 오른쪽 아래로 기울여서 빌딩을 올려다봤다.

"정훈 씨는 잠깐 여기 기다리고 있으면 돼."

차에서 내린 최 씨는 건물 바로 앞에 서 있는 어떤 근육질 남자에게 걸어갔다. 남자는 20대 정도로 보였고, 하얀색 민소

매 티와 정강이 중간까지 오는 남색 레깅스 바지를 입고 있었다. 어깨가 굉장히 넓고 온몸이 다 근육인 데다, 완벽한 9등신 비율의 몸이었다. 누가 봐도 단번에 눈길이 갈 정도로 멋졌다.

－몸 장난 아니네. 저 조각남은 누구지?

정훈은 멀리서 둘을 관찰했다. 남자는 최 씨와 얘기를 나누다가 차 쪽으로 고개를 돌려 정훈을 쳐다봤다. 최 씨가 계속 뭐라 얘기하는 중에도 남자는 정훈에게서 시선을 떼지 않았다.

－뭐야. 기분 나쁘게시리.

남자가 아까부터 손에 쥐고 있던 하얀 종이와 음료수 두 개를 최 씨에게 건넸다. 둘은 서로 고개 숙여 인사했고, 최 씨는 차로 돌아왔다.

"오늘 배달은 총…… 스물아홉 건이네. 뒤에 아홉 개가 먼저 실려 있으니까, 이제 스무 개만 더 싣고 배달 나가면 되겠어."

"아니 저 사람 뭐예요? 왜 저렇게 계속 날 보고 있대요? 아주 그냥 5분만 더 있으면 내 얼굴 뚫리겠네."

남자는 아까 그 자리에서 조금도 움직이지 않은 채 정훈을 노려보고 있었다.

"원래 좀 특이한 사람이라 그래. 자 이거 마셔."

골든 프로틴. 200밀리 한 개에 29,800원이지만, 없어서 못

사는 단백질 음료다. 가격 대비 큰 효과가 없다는 연구 결과가 여러 언론 매체에 보도되었지만, 이미 SNS에서 자신을 과시하고픈 사람들의 인증 열풍이 최고조에 달한 터라, 그런 기사 따위는 아무런 영향이 없었다.

"오, 이런 귀한걸. 감사합니다."

정훈은 빚더미에 내몰려서 친구와 지인들에게 손을 벌린 입장인데도 계속 SNS 페이지에 고급 레스토랑에서 찍은 사진, 해외여행 사진, 그리고 골프장에서 찍은 사진을 올렸다가 주위 사람들에게 온갖 비난을 받았다. 그 이후로 6개월 동안 SNS를 하지 않았다. 하지만 지금은 다르다. 돈을 많이 버는 일을 구했다. 머지않아 곧, 재기할 수 있을 거라 확신했다. 게다가 인싸 아이템을 얻었으니, SNS 복귀 기념사진으로 써먹기 딱 좋았다.

─이제 원래 내 자리로 돌아가야지.

최 씨는 근육남에게 손을 흔들며 인사하고 차를 출발시켰다. 차가 들어왔던 길목으로 유턴을 해 나가는 동안, 정훈은 사이드미러에 비친 남자를 바라봤다. 그는 아직도 그 자리에서 꼼짝하지 않고 계속 정훈을 노려보고 있었다. 남자의 레이저 같은 시선이 사이드미러에 반사되어 정훈의 얼굴로 꽂히는 것만 같았다. 남자는 차가 시야에서 완전히 사라진 후, 잠시 더 서 있다가 건물 안으로 들어갔다.

♦ ♦ ♦

"여기는 물건이 아주 꾸준히 나오네."

찰칵. 벌써 여덟 번째다. 정훈이 폰의 각도를 바꿔가며 골든 프로틴을 찍었다. 그러느라, 최 씨의 말을 제대로 못 들었다.

"네? 뭐라고요?"

"자당동. 여기는 예나 지금이나 물건이 끊긴 적이 없어."

가운데 8차선 도로를 중심으로 서쪽이 자당동, 동쪽이 부각동이었다. 옛날부터 자당동은 빈민이나 서민층이 살던 동네였고, 부각동은 주로 부유층이나 연예인들이 많이 사는 동네였다. 멀리서 보면 길 건너 한 동네처럼 보여도, 그 둘의 집값은 다섯 배에서 열 배 이상 차이 났다.

슈우 슈우욱.

이번에는 정훈도 소리를 들었다. 아주 분명히 들었다. 상자가 쓸리는 소리인가 싶어서 옆을 바라봤지만 최 씨는 별다른 표정 변화가 없었다.

그때 또, 슈우우우욱 하고 방금보다 더 길게 이어지는 소리가 났다. 상자에서 나는 소리가 맞는 듯했다.

"어르신, 여기 상자 안에 뭐 들었는지 알려주시면 안 될까요?"

정훈의 말을 들은 최 씨가 큭큭 소리를 내며 웃었다.

"정훈 씨."

최 씨는 전방을 주시하면서 5초 정도 가만히 있다가 말을 이었다.

"겁 많아?"

유난히 더 활짝 웃느라 최 씨 얼굴 전체에 잔뜩 주름이 생겼다. 최 씨가 앞을 보고 있었기 때문에 정훈의 눈에는 최 씨의 얼굴 오른쪽 면만 보였다.

"네? 무슨 말씀이세요?"

"겁이 많냐고. 담력이 센지 약한지 궁금해서 물어보는 거야."

최 씨가 껄껄 웃으며 말했다.

"뭐, 겁이 좀 많은 편이긴 해요. 가끔 동네 하수구 근처에서 쥐 한 마리 튀어 나오면 완전 기겁하죠. 공포영화는 완전 질색이라, 보는 건 물론이고 소리도 못 들어요."

"내 봤을 땐 정훈 씨 겁 별로 없는 것 같은데. 히히."

"네? 저 겁 꽤 많은데……?"

정훈이 말끝을 흐리는 순간, 차가 정지선 앞에 멈춰 섰다. 좌회전 깜빡이 소리가 때깍때깍 나기 시작했고, 순간 최 씨의 얼굴에 웃음기가 싹 사라졌고 천천히 정훈 쪽으로 고개를 돌렸다.

"내가 봤을 땐, 겁이 아예 없는 것 같던데. 겁 많은 사람이 어떻게 주식이나 가상 화폐로 그렇게 돈을 날리나? 아내까지 있는 사람이. 무슨 퇴직금에 대출 빚까지 얹어서 투자질을 해? 그냥 다니던 직장 얌전히 다니면서 분수에 맞게 살면 될 것이지, 뭣 같은 욕심 부리면서 돈, 돈, 돈 지껄이다 요 모양 요 꼴이 됐느냐 이 말이야. 겁이 많기는 무슨, 이건 그냥 멍청하게 부자들 꽁무니 쫓아다니다가 겁대가리를 상실한 거지. 안 그래? 인력사무소 소장이랑 정확하게 얘기가 됐는지 안 됐는지 확인도 안 하고. 그저 돈 버는 일이라면 뭐든 다 하겠다면서 그렇게 싱글벙글대는 새끼가 겁쟁이라고? 응?"

최 씨의 말이 끝났다. 정훈은 적잖이 당황했는지, 아주 작게 콜록하며 기침을 했다. 도무지 할 말이 생각나지 않아 최 씨 눈만 바라봤다. 겁에 질린 정훈을 더 몰아세우려는 듯, 최 씨의 크게 뜬 눈에서 눈알이 튀어나올 것 같았다. 차 안은 둘의 숨소리도 들리지 않을 만큼 조용해졌고, 때깍거리는 좌회전 깜빡이 소리가 유난히 쩌렁쩌렁 울려 퍼지는 것처럼 들렸다. 차가 출발하자 넋을 놓고 있던 정훈의 몸이 살짝 앞뒤로 흔들리면서 힘없이 오른쪽으로 쏠렸다.

슈우우. 슈우우욱.

정훈은 자꾸 상자에서 나는 소리가 신경 쓰였지만, 당장 최 씨한테 뭐라도 변명하고 싶은 마음이 먼저였다. 하지만 쉽게 입이 떨어지지 않았다.

"겁 없는 것 맞지? 그치?"

최 씨의 반달눈이 돌아왔다. 정훈은 이제 그의 인자한 미소가 너무 무섭다.

"이 일 하려면 겁이 없어야 돼. 그래서 물어본 거야. 요즘 정훈 씨 같은 사람들이 너무 많아서 내 속상한 마음에 갑자기 말한 거니까 상처받았다면 미안해. 이 배달 일이 돈이 꽤 되니까, 앞으로 열심히 일해서 정훈 씨 예전 그 멋들어지게 날리던 시절로 돌아가자고."

"……네."

정훈이 크게 심호흡을 했다. 숨을 내쉴 때 입이 살짝 파르르 떨렸다.

"그래도 저는 진짜 잘살아보려……고."

"자 이제 곧 도착이니까 자세한 얘기는 이따가."

차는 자당 2동 주택가 골목으로 들어와 멈췄다.

차 앞에는 위아래 회색 트레이닝복에 검정 마스크를 쓴 남자와 여자가 서 있었다. 나이는 둘 다 20대 초반 아니면 중반 정도로 보였다. 둘 모두 피부가 굉장히 안 좋았다. 특히 155센티 정도의 왜소한 키에 포니테일을 한 여자의 피부가 더 심했다. 광대뼈와 이마 부근에 울긋불긋 뾰루지가 잔뜩 나 있었다.

"이번엔 정훈 씨도 내려. 물건 실을 거야."

최 씨가 차에서 내리며 말했다. 그리고 차 문을 닫으려다 말고 갑자기 운전석 쪽으로 상체를 불쑥 들이 밀었다.

"울면 안 돼."

"예?"

최 씨가 큭큭 웃으며 차 문을 닫았다.

―뭐지? 내가 상처 받았을까 봐 한 소린가? 에이 씨, 날 뭘로 보고.

자존심이 상한 정훈이 투덜거리며 차에서 내리자, 마스크를 쓴 둘은 슬리퍼를 질질 끌면서 바로 옆 오래된 3층 빌라 건물로 들어갔다. 터벅터벅 계단을 내려가는 소리가 들렸다. 정

비어 있는 상자

훈이 빌라 앞에 서자, 지하 1층 집으로 들어가는 그들의 모습이 보였다. 건물 외벽의 하얀 페인트칠은 여기저기 벗겨진 곳이 많았고, 새까맣게 때가 탄 부분이 많아 군데군데 곰팡이가 피어 있는 것 같았다. 정훈은 외관을 훑어보다가 "어우, 이런 데서 어떻게 살아?"라고 혼잣말하며 인상을 찌푸렸다.

우당탕. 쾅 쾅. 그리고 더 세게 쾅. 갑자기 계단 아래에서 요란한 소리가 났다. 정훈이 무슨 일인가 하고 빌라로 들어가려는데, 최 씨가 가만히 있으라며 손짓했다. 최 씨는 입구에서 조금 멀리 떨어진 곳에 서서 골든 프로틴을 마시고 있었다.

"맛있네. 이거 변비에도 좋을까?"

별일 아니라는 듯 여유로워 보였다.

지하에서 한 번 더 세게 쾅 하는 소리가 나더니 금방 고요해졌다. 그러곤, 둘이 차에 실려 있던 상자와 똑같은 상자를 각각 하나씩 들고 집에서 나왔다. 그들이 계단을 올라오는 소리가 들리자, 최 씨는 정훈에게 "받아서 뒤에 차곡차곡 실으면 돼." 하며 차 쪽으로 고갯짓했다.

둘은 말 한마디 하지 않고 눈웃음만 지으며 정훈에게 상자를 건네줬다. 상자를 받아 든 정훈이 살짝 휘청거렸다.

- 꽤 무겁네. 한 10킬로 정도 되는 것 같은데? 이거 도대체

뭐지? 궁금하네.

여자와 남자는 지하에서 계속 상자를 꺼내 왔다. 그러곤 차 뒤 칸에 올라타 있는 정훈에게 건네줬다. 마지막 상자를 실을 때까지는 얼마 걸리지 않았다.

"열……다섯! 이제 끝. 어?"

열다섯 번째 상자 옆면에 무언가가 적혀 있었다. 검정 매직으로 쓴 'ㅆ' 자가 희미하게 보였다.

─이게 뭐지?

키키킥. 정훈이 뒤를 돌자 둘이 조용히 소리 내 웃으며 정훈을 보고 있었다.

"이제 다 나온 거 맞죠? 더 없죠?"

둘은 큭큭큭 웃으며 고개를 크게 끄덕끄덕했다. 정훈도 따라 눈웃음 지으며 수고했다고 말하려는데, 여자가 "조심하세요." 하더니 인사하듯 손을 흔들었다.

"네?"

슈우우. 슈우우우우우우.

순간 튜브 바람 빠질 때 나는 것 같은 소리가 아주 길게 나더니, 크르르륵 하고 맹수한테서나 나올 법한 소리가 들렸다. 동시에 'ㅆ' 글자가 적힌 상자가 갑자기 가래 끓는 듯한 소리를 내며 꽉 튀어 올랐다. 바닥에 턱 하고 떨어져 머리와 꼬리를 쉴 새 없이 팔딱거리는 물고기처럼 상자 끝과 반대쪽 끝이 순서 상관없이 요동쳤다. 그러는 바람에 상자가 정훈의 턱을 한번 세게 올려 쳤다. 그 충격에 정훈의 머리가 차 천장에 부딪혔다. 다음 순간, 자세를 바로잡은 정훈이 다급하게 상자를 누르자, 정훈의 몸도 같이 요란하게 들썩였다. 튀어 오르는 힘이 너무 세서, 정훈은 자신도 모르게 비명을 지르며 힘을 줬다.

　― 젠장, 이 안에 들어 있는 게 정확히 뭔지는 모르겠지만, 분명 살아 있는 거야. 사나운 무언가가 들어있는 게 분명해.

　쾅! 순간 차 트렁크 문이 세게 닫혔다.

　― 이것들이 모른 척 문을 닫아버려? 저 새끼들 내가 가만 안 둔…….

　또 쾅! 이번엔 운전석 쪽 문이 세게 닫히는 소리가 났다. 최씨가 안전벨트를 매자마자 바로 시동을 걸었다.

　"꽉 잡고 있어! 양희랑 효정이가 겹겹이 잘 포장했으니까 안전할 거야. 정훈 씨는 일단 잘 누르고 있으면 돼. 고것이 지금만 그렇게 힘이 넘치지, 한 5분 정도 지나면 비실비실해질 거야."

최 씨는 재미난 구경거리 보듯 중간 중간 큭큭 웃으며 말했다.

- 양희? 효정? 둘 다 여자였어?

하지만, 지금은 둘 중 누가 여자고 남자고는 중요하지 않았다. 그저 계속 튀어 오르는 상자가 도대체 왜 이러는지, 그리고 안에 들어있는 것이 무엇인지가 더 궁금했다.

차는 순식간에 주택가 골목을 빠져나와 대로에 진입했다. 덜커덕. 덜컥 덜커덕. 상자는 점점 더 세게 펄떡거렸다. 덜컥 덜컥 쾅쾅. 키가 178센티인 정훈이 엉거주춤한 자세로, 승합차 뒤 칸에 서서 몸부림치는 상자를 누르고 있기란 꽤 힘든 일이었다. 그리고 차가 꽤 빨리 달리고 있었기 때문에 중심을 잡기도 힘들었다.

"그거 상자 구겨져도 돼. 그냥 콱 눌러버려."

최 씨의 말을 듣자마자, 정훈이 양손으로 상자를 꽉 세게 쥐고 눌렀다. 상자가 우지끈하며 구겨졌다. 그러자 아까보다는 조금씩 덜 튀어 올랐다. 힘이 조금씩 빠지는 듯 보였다. 정훈은 상자에 적힌 'ㅆ' 자가 '쌍', 아니면 '씨발'을 뜻한다고 확신했다. 그러면서 입 밖으로 계속 'ㅆ'이 들어간 욕을 수도 없이 내뱉었다.

－그런데 이거 진짜 뭐지?

정훈이 구부린 손가락으로 손바닥을 여러 번 비벼댔다. 손에 불쾌한 감촉이 남아 있었다. 상자를 세게 눌렀을 때 손이 안에 들어 있는 내용물에 잠깐 닿았는데, 묘하게 물컹했다. 처음 느껴보는 감촉이라 추측하기 너무 어려웠다. 호기심이 점점 커져 가슴께가 간지러웠다.

－상자도 다 찌그러졌겠다, 이참에 이 빌어먹을 것이 뭔지 알아야겠어. 그냥 열자.

정훈은 잠깐 최 씨의 눈치를 살핀 뒤 오른손으로 상자 위쪽을 꽉 잡고, 왼쪽 손바닥은 쫙 펼친 채 슬라이드 상자 케이스에 붙였다. 그러곤 온 힘을 다해 "쌍!" 하고 외치며 왼쪽 팔을 뒤로 확 젖혔다. 슬라이드 상자의 반 정도가 소리를 내며 열렸다.

드디어, 상자 속 내용물이 드러났다.

사람이다. 여자다. 머리가 긴…… 생머리의 여자다.

상자 안에는 얇은 플라스틱 투명 막이 한 겹 있었다. 마치 스마트폰 강화유리 필름 같은 그 투명한 막에 김이 서렸다 사라지기를 반복했다. 그 탓에 형체가 제대로 보이진 않았지만, 사람이 분명했다. 살아 숨 쉬고 있었다.

그런데…… 껍질밖에 없었다. 사람치고는 너무 홀쭉하고

얇았다.

– 그래. 그래서 이렇게 상자가 얇았구나. 그리고 이렇게 길었던 거고. 그보다…… 이게 말이 돼? 껍질……, 피부밖에 안 남은 사람이 어떻게 숨을 쉬나?

상자가 개봉된 순간부터, 그 안에 있는 여자가 몸부림을 멈췄다. 그저 규칙적으로 크게 숨을 들이마시고 내뱉을 뿐이었다. 밀폐된 상자라 숨쉬기가 힘들어 보였다.

투명 막에 서린 김이 사라지는 순간, 상자 속 여자와 눈이 마주쳤다.

– 검은자가 왜 이렇게 크지? 아…… 이건 검은자가 아냐. 없어. 눈이. 안이 비었어.

두 눈구멍 모두 야구공 크기만큼 움푹 패어 있었다. 눈동자가 아예 없었다. 인상을 찌푸린 정훈의 입에서 "허?" 하며 헛웃음이 나왔다. 말도 안 되는 이 상황이 도통 이해가 가지 않았다. 빠르게 달리던 차가 서서히 속력을 줄이더니 신호 대기 중인 다른 차 앞에 멈춰 섰다. 잠깐 정신이 나갔던 정훈의 귀에 때깍때깍 깜빡이 소리가 들리기 시작했다.

"아, 아니이. 도대체……에 이게 뭐……헤요."

더듬거리는 정훈의 말은 울먹거리는 듯 잔뜩 발음이 뭉개진 것처럼 들렸다.

"에. 정훈 씨, 우는 거 아니지? 울면 안 돼요, 이 사람아."

정훈은 차라리 주저앉아 꽉 울어버리고 싶었다. 다리에 힘이 서서히 풀리고 있었지만, 상자 속 여자, 또는 이 사람 껍질이 도대체 왜 살아 숨 쉬고 있는지, 그리고 이건 어디로 배달되는지 먼저 알고 싶었다.

"여……기, 여……기, 가 어, 디, 에, 요?"

여자가 숨을 몰아쉬며 천천히 한 글자씩 또박또박 말했다.

여자의 목소리를 들은 최 씨가 빠르게 고개를 뒤로 돌렸다. 그는 그제야 정훈이 상자를 열었다는 걸 알았다.

"정훈 씨. 아이고 그걸 열면 어떡해. 이 사람 진짜 안 되겠네."

최 씨의 목소리는 분명 화가 난 듯 격양된 말투였지만, 얼굴은 웃고 있었다.

"아저씨, 이거 사람이에요?"

"에이 씨, 뭐라고 말을 해야 되나."

최 씨가 고개를 앞으로 돌리고 입을 열었다.

"나도 자세히는 모르지만, 10년 전 즈음부터 그 멍청한 것들, 그러니까 그 머리가 텅텅 빈 것들 있잖아?"

차가 천천히 우회전했고, 곧 때깍거리던 깜빡이 소리가 멈쳤다.

"그런 것들이 유명한 연예인이나 부자들 보면서 자기네들도 그렇게 되고 싶다 생각했겠지. 마냥 멋지고 행복해 보이는 그 사람들의 진짜 모습은 하나도 모르고, 그저 그들의 뻔지르르한 겉모습만 좇다가 어느 순간 눈 깜짝할 사이에 정말 껍질만 남아버린 거야. 나도 정확하게는 몰라. 그냥 여기저기서 주워들은 걸로 소설 쓴 거나 다름없어. 사람들이 왜 그렇게 껍질만 남았는지, 정확히 아는 사람은 없을걸."

여자가 뭐라고 계속 중얼거렸지만, 너무 힘이 없는 목소리라 최 씨의 목소리에 묻혀 하나도 들리지 않았다. 정훈은 그저 그녀의 조금씩 꿈틀거리는 입술만 바라봤다. 갓 말리기 시작한 오징어나 육포에 검지손가락 길이만큼 가늘게 찢어진 구멍이 있다면, 딱 이것과 비슷할 것 같았다. 참 어이없는 광경이다.

"진화인지 퇴화인지는 모르겠다만, 아마도 저것들은 자기 내면이 텅텅 비어가는 줄도 모르고, 그저 겉을 꾸미기에만 급급하다 저렇게 껍질만 남은 게 아닐까 싶은데. 정훈 씨 생각은 어때?"

아무 생각도 나지 않았다. 이런 말도 안 되는 일이 눈앞에서

비어 있는 상자

벌어지고 있다는 사실을 어떻게 받아들일까. 오직 그 생각뿐이었다.

"그럼, 이 사람들은 다 어디서 오는 거예요?"

"정훈 씨, 그거 사람 아니야. 그렇게 생각하면 이 일 오래 못해."

"그래도 살아 있잖아요. 숨도 쉬고 말까지 하는데."

"저런 것들 길거리에 세워둬 봐. 다 기겁하고 도망가지. 저것들은 다 형편없이 살다가 벌 받아서 저렇게 괴물이 된 거야. 안 그래?"

"……."

"아, 어디서 나는 거냐 물었지? 뭐 전국적으로 나오고 있어. 사는 곳이나 직업 다 천차만별이야. 부자냐 서민이냐 따질 수 없을 만큼 다양하지. 우리 팀은 주로 정신과 환자나 헬스장 우수 회원들, 그리고 취직 안 하고 실업급여나 타 먹고 노는 사람들 신상정보 알아내서, 껍질만 남을 때까지 살펴보다가 수거하는 거야. 이게 팀이 다 나눠져 있고 엄청 많아. 연예인이나 SNS 스타들 졸졸 따라다니거나 그대로 따라 하는 사람들 중에 골라내서 구해 오는 팀도 있고, 무슨 특수 고급팀도 있다 그러대?"

"특수 고급팀이요?"

"가끔 외국에서 바다 건너오는 것들이 있대. 그런 최고급 상품 취급하는 팀이야."

"상품이요……? 이걸 사는 사람이 있어요?"

최 씨가 갑자기 웃기 시작했다. 그러다 사레에 걸려 얼굴이 새빨개질 때까지 기침을 했다.

"없어서 못 팔아. 웃기지? 저런 것들을 뭐 하러 그 비싼 돈 주고 사는지 모르겠어."

정훈의 머릿속에 온갖 궁금증들이 넘쳐나기 시작했다.

– 껍질이 될 사람을 어떻게 알아차리지? 또 어떻게, 누가 가져오나? 그 사람 집에 몰래 들어가나? 그리고 이 사람들을 사는 것들은 누구고?

무엇부터 물어볼지 정리가 안 됐다.

"그럼 이건 하나당 얼마예요?"

"지금 정훈 씨가 열어젖힌 건 못 팔아. 그렇게 자꾸 지랄하는 걸 누가 사? 박스에 쌍시옷 자 마크 있었지? 그런 욕 나오는 건 탐지견 먹이야."

"탐지견이요?"

"사람 껍질 냄새를 아주 귀신같이 찾아내는 개들이 있어.

아! 저기, 저 앞에 보이지?"

차는 이미 어느 만보동 고급 아파트에 다다르고 있었다. 저 멀리 정문 앞에 정훈과 비슷한 나이대로 보이는 남자와 덩치가 큰 골든레트리버 한 마리가 보였다. 그 옆에는 상자 다섯 개가 쌓여 있었다. 사람이 지나다니는 인도에 버젓이.

"정훈 씨, 그 상자 얼른 닫아. 그건 저 개한테 줄 거야."

정훈은 가만히 상자를 내려다봤다. 이 여자가 곧 육포 신세가 된다니. 갑자기 몸서리가 처졌다. 최 씨에게 다른 방법을 생각해 보자 말하고 싶었다.

그때, 아주 조그만 목소리로 속삭이는 여자의 목소리가 들렸다.

"네?"

여자는 또 거의 들릴 듯 말 듯 뭐라 속삭였다. 답답해진 정훈이 상자에 귀를 가까이 대려는 순간, 팍 하며 여자가 튀어 올랐다. 그러곤 다시 파닥파닥 몸부림쳤다.

"아이 씨, 또 저러네. 정훈 씨 잠깐만 누르고 있어. 내가 가서 도와줄게."

차에서 내린 최 씨가 순식간에 정훈 옆으로 와서, 반 정도 열려 있던 케이스를 마저 다 확 열어버렸다. 투명 막을 뜯어버리자마자, 여자는 용수철처럼 확 튀어 올라 차 천장에 세게 부딪히곤 뚝 떨어졌다.

그르릉, 캬학 하는 짐승 같은 소리를 내며 여자가 울부짖었지만, 최 씨는 키킥 비웃으며 양손으로 여자의 목과 허벅지를 꽉 쥐어 잡았고, "병삼아. 병삼이 이리 와." 하며 크게 소리쳤다. 그러자 인도에 서 있던 골든레트리버가 차 트렁크 앞으로 뛰어왔다. 잽싸게 뒷발로 일어서더니, 앞발만 차 위에 착 하고 얹었다. 최 씨가 여자를 병삼이에게 던졌고, 단번에 여자를 문 병삼이 아파트 정문 옆 정원으로 쏜살같이 뛰어 들어갔다.

"어휴 힘들어라. 정훈 씨 괜찮아? 수고했어. 이제 조수석으로 가서 조금 쉬어."

최 씨가 정훈의 어깨를 토닥이고 차에서 내렸다. 최 씨가 내리자마자 정훈은 다리에 힘이 풀려 바닥에 주저앉았다.

드르륵. 휴대폰 진동이 울렸다. 아내 수현에게 메시지가 열두 개나 와 있었다. 오늘은 일을 구했는지, 아침은 먹었는지. 그리고 이틀 전에 신청했던 대출 심사가 거절됐다는 내용도 있었다.

—타이밍 참 기막히네.

정훈은 상자 속 여자를 봤을 때까지만 해도 이 일을 그만둬야겠다 생각했지만, 메시지 속 '대출 심사 거절'이라는 글자를 보자 도무지 어떤 결정을 해야 할지 몰랐다. 너무 혼란스러웠다.

"정훈 씨 지금 쉬는 건 일당에서 깎아, 말아?"

최 씨가 상자를 실어 나르며 말했다. 여전히 큭큭댔다.

– 이런 상황에서 어떻게 웃음이 나오지? 저 아저씨 진짜 미친놈이 확실해.

상자는 다섯 개밖에 되지 않아 실어 나르는 데 오래 걸리지 않았다. 최 씨가 정훈에게 골든 프로틴 하나를 더 건넸다.

"이 사람도 이걸 나한테 주대? 아내한테 하나 갖다줘."

정훈의 머릿속에 자꾸만 여자의 얼굴이 떠올랐다.

– 아까 그 개는, 여자를 어떻게 했을까. 그냥 장난감 다루듯 가지고 놀았을까. 아니면 진짜 육포 먹듯이 질겅질겅 다 씹어 먹었을까. 그 여자는 누구였을까. 몇 살이었을까. 이름은 뭐였을까. 어쩌다 껍질만 남았을까. 뻔지르르한 인생을 살지 못해 안달 난 사람이었나? 아니면, SNS에 미쳐 사느라? 그저 예쁘고 행복한 사람들만 좇으며 살다가? 텅텅 빈 머리나 마음을 채울 생각은 안 하고, 그저 분수에 안 맞는 짓이나 하다가? ……마치 나처럼.

정훈도 여자가 껍질이 된 이유를 최 씨처럼 마음대로 추측

했다.

– 전조증상은 없을까. 나도 저렇게 되면 어쩌지?

갑자기 속이 메스꺼웠다. 온갖 끔찍한 상상으로 채워진 탓에, 누군가 머리를 당기는 듯한 고통이 느껴졌다. 이대로 뒀다간 머리통이 확 쪼개져 터져버릴 것 같았다. 정훈은 약국에 다녀올 생각으로 몸을 일으켰다. 그런데 어깨가 안전벨트에 걸렸다. 차는 이미 도로 위였다.

"이제 좀 정신이 들어?"

최 씨가 말했다.

"드디어 눈빛에 힘이 좀 돌아왔네."

정훈이 멍한 눈으로 주위를 둘러봤다. 저 앞에 도로 표지판이 보였다. 직진은 법원, 경찰청. 왼쪽은 석촌호수, 오른쪽은 새실 1, 2동.

– 언제 여기까지 온 거지? 시간이 얼마나 지난 거야?

"이번에는 어디로 가지?"

속으로 생각한 말이 입 밖으로 나왔다.

"우선 점심 먹기 전에 배달 좀 해야 돼. 딱 스무 개야. 몇 개 안 되니까 빨리 나르고 점심 먹으러 갑시다."

정훈은 아무 말도 하지 않았다.

비어 있는 상자

"배달하는 곳 근처에 소 내장탕 잘하는 데가 하나 있어. 내장탕 괜찮지?"

정훈이 넋 나간 표정으로 고개를 천천히 끄덕였다. 어차피 먹을 생각이 없었기 때문에 뭐든 상관없었다. 최 씨가 갑자기 길게 한숨을 쉬더니 입을 열었다.

"돈만 생각해 정훈 씨. 돈만. 상자 개수대로 계산해 봐. 점심 먹기 전에 우리 둘이 400 버는 거야."

– 건수는 물건을 싣고 배달하는 것 다 똑같이 적용되니까. 지금까지 상자 스무 개 실었고, 이제 스무 개 배달하면 총 마흔 개. 그러니까 400만 원.

메슥거리던 정훈의 속이 돈 생각에 약간 진정됐다. 여전히 기분은 나빴지만 마음에 안정이 찾아왔다.

– 그래 돈. 돈 벌어야지. 잘못하다간, 정말 길바닥에 나앉게 생긴 마당인데 내가 뭣 때문에 고민하고 있나. 그런데…… 그 여자는 아직 살아 있었어. 게다가 죽어라 몸부림까지 쳤어. 살고 싶어서.

"계속할 거지? 중간에 도망가면 돈 못 받아. 내장탕 뜨끈하게 먹고 디저트로 청심환 하나 먹으면 괜찮아질 거야."

정훈이 손에 쥐고 있던 골든 프로틴 병을 쳐다봤다.

"그리고, 일은 안 끊기니까 걱정 마. 지금보다 더 많아지면 많아졌지, 줄거나 사라지진 않을 거야. 전망이 제일 좋은 일이라 이거야. 게다가 껍질들이 계속 무거워지더라고. 이것만 봐도 알겠지? 갈수록 더 증상이 심해져서 미친 신종까지 나오는 판국에 이 일을 놓칠 수야 없지."

슈우우. 슈우우우욱.

상자에서 숨소리가 났다.

흐으으. 흐ㅇㅇㅇㅇ.

작게나마 누군가 흐느끼는 소리도 났다. 정훈은 그 소리에 점점 익숙해졌다.

그런데 순간, 환청이 들렸다. 아내 수현이 엉엉 우는 소리다. 상자에서 나던 흐느낌은 순식간에 수현의 울음소리에 묻혔다. 수현이 훌쩍거리는 소리에 맞춰 쿵쾅쿵쾅 아기의 심장 소리가 점점 크게 들리기 시작했고 수현의 배 속에 있는 4개월 된 아기 초음파 영상이 머릿속에 펼쳐졌다. 부채꼴 모양의 흑백 초음파 영상이 정훈의 시야를 가득 채울 만큼 서서히, 그리고 가까이 다가왔다. 수현의 울음소리가 점점 더 커졌다. 그에 따라 아기의 심장 소리도 같이 커졌다. 초음파 영상 속 뛰고 있는 아기의 심장이 마치 달려들 듯이 눈앞까지 빠르게 다

200

가오자, 정훈은 고개를 젖히며 눈을 질끈 감았다. 그리고, 따가닥. 정훈이 골든 프로틴 뚜껑을 돌려 열었다. 그리고 최 씨에게 말했다.

"이번 배달지는 어디예요?"

최 씨가 반달눈 미소로, 정훈을 흐뭇하게 바라봤다.

◆◆◆

11시 정각.

차는 어느 아파트 신축 공사장으로 들어섰다. 원래 이 시간대면 인부들이 바쁘게 일하고 있어야 정상인데, 이곳에는 단한 명도 보이지 않았다. 근처 나무에는 빨간 글씨로 '체불 발생', '현장의 정상화를 촉구한다.'라고 적혀 있는 현수막이 걸려 있었다. 현수막 끈이 거의 다 풀어져서 바닥에 닿을 만큼 힘없이 축 늘어져 있었다.

"혹시 배달할 곳이 여기예요?"

"응. 좀 스산하지? 시공업체가 부도났대. 지난주까지만 해도 시위하는 사람들 많았는데, 지금은 한 명도 없네. 뭐 그 덕에 우리 대표가 당분간 여기 빌려 쓰기로 했어."

이 아파트는 외벽 페인트 작업과 내부 전기공사, 도배, 그리고 기타 인테리어 작업만 마치면 완공될 예정이었다. 하지만 최근 자금 경색 사태로 시공업체들이 대출을 받지 못해 1차 부도가 난 이후, 공사가 전면 중단됐다.

차는 구불구불 단지 안으로 들어갔고, 제일 안쪽에 있는 아파트 동 앞에 섰다. 주차장에는 몇십 대의 차들이 주차돼 있었는데, 죄다 비싼 외국 차였다. 국산 차는 한 대도 없었다.

"여긴 뭐 하는 곳이에요?"

"마켓이야. 원래 마켓은 판매만 했는데, 이제 경매도 하고, 중고 거래도 하고, 뭐 이런저런 것도 하는 그런 곳이야."

아파트 입구 바로 옆에서 어떤 남자 둘이 발을 동동 구르며 담배를 피우고 있었다. 한 명은 20대, 다른 하나는 40대 중반 정도로 보였다. 20대 남자는 고급 브랜드 검정색 트레이닝복 세트에 알이 큰 사각 선글라스를 끼고 있었다. 40대 남자는 흰색 무지 티셔츠에 물 빠진 하늘색 청바지를 입고 있었는데, 목 오른쪽에 검붉은 반점이 나 있었다. 상의가 새하얀 색이라 그 반점 색이 더 도드라져 보였다.

"자세한 건 나도 잘 몰라. 우린 그저 배달만 잘하면 돼. 자, 200만 원 벌러 가봅시다."

202

둘이 차에서 내리자, 건물 앞 두 남자가 동시에 담배를 빠르게 털어 끄고 차 쪽으로 걸어왔다. 20대 남자가 40대 남자를 앞질러 걸어와 정훈에게 "몇 개 들어 왔어요?" 하며 히죽댔다.

"스무 개요."

최 씨가 트렁크 문을 열면서 정훈 대신 말했다.

"그럼 남자는 몇 개예요?"

반점 남자가 말했다.

"자세한 건 안에서 물어보세요. 저희는 배달하는 사람들이라 잘 모릅니다."

정훈은 최 씨가 꺼내주는 상자를 건네받아 바닥에 하나씩 쌓아 올렸다. 남자 둘은 그런 정훈을 30초 정도 구경하다가 건물 안으로 들어갔다. 정훈의 등 너머로 반점 남자가 "이번에는 꼭 낙찰이야."라고 말하는 소리가 들렸다.

– 미친 새끼들. 그런데 저놈은 '남자'가 몇 개 들어왔는지 왜 물어본 걸까.

정훈은 그 남자가 사람 또는 껍질을 어떻게 할까 상상하려다가 바로 그만뒀다.

"어우 배가 살살 아프네. 아까 그 음료수 덕분에 효과가 좀 있나 봐. 7일 내내 일을 못 봐서 아주 죽을 맛이었는데 잘됐네."

최 씨는 상자 한 개를 들고 정훈에게 건물 쪽으로 고갯짓하곤 "3층."이라고 말하며 먼저 재빨리 걸어갔다. 상자가 세로로 긴 탓에 팔을 아래로 쭉 뻗어 상자의 밑을 받치고, 넓적한 면을 오른쪽 어깨에 기대어서 들어야 계단을 오를 수 있었다.

둘은 3층으로 올라갔다. 계단식 복도 구조라 층마다 양쪽으로 입구가 나 있었는데, 최 씨가 먼저 오른쪽으로 들어갔고, 정훈도 따라 그곳으로 들어갔다. 아직 도배가 안 된 이곳에 참 안 어울리게도 바닥 전체에 고급스러운 푸른색 벨벳 카펫이 여럿 깔려 있었다.

정훈이 상자를 내려놓고 복도로 나와 계단을 내려가려는데, 위층에서 사람들의 환호 소리가 났다. 한 네다섯 명 정도 있는 듯했다.

"4층부터가 마켓이에요?"

"응. 그 위로도 주욱 더 있다는데, 난 한 번도 올라가 보질 않아서 몰라."

"네."

최 씨가 "흡." 소리를 내더니 배를 살살 문질렀다.

"곧 신호가 제대로 올 것 같아. 빨리 서두르자고."

정훈은 계단을 오르락내리락하면서 4층 위로 펼쳐질 광경이 너무 궁금했다.

후우우. 흐윽……. 흐으으.

슈우. 슈우우.

상자를 어깨에 기대고 있어서 껍질의 숨소리가 더 잘 들렸다. 정훈의 오른쪽 귓가에 다양한 소리가 닿았다. 중저음의 꽤 굵직한 남자 목소리부터 가늘고 높은 톤의 여자 숨소리까지.

숨소리를 들으면 들을수록 정훈은 그 소리에, 껍질들에 더 익숙해졌다. 병삼이가 물어간 그 여자는 그저 병삼이의 위산에 녹고 있는 음식물일 뿐, 제 기억에서 사라지든 말든 알 바가 아니었다. 정훈은 이렇게 조금씩 무뎌지는 마음을 다행이라 생각했다.

－일단 나르자. 돈을 벌자.

－돈을.

－돈을.

정훈과 최 씨가 마지막 상자 두 개를 들고 3층에 도착하자, 4층에서 어떤 중년 여자 한 명이 내려왔다. 형광 분홍색 골프 웨어 티셔츠에, 새하얀 골프 스커트, 그리고 빨간색 골프 바이저를 쓴 모습이 누가 봐도 당장 골프 치러 갈 차림새였다.

"최 씨 아저씨. 1층 가보셨어?"

"왜요, 무슨 일 있어요?"

"거기 1층 왼쪽 집에 반품 들어온 거 스무 개 있어요. 그거 오늘 오후 중으로 길산 쪽 창고에 배달 좀 해주셔야 돼."

최 씨는 고개를 꾸벅꾸벅 숙이면서 "알겠습니다." 큰 소리로 대답했다.

그때 새파란 점프 슈트를 입은 남자 열 명이 우르르 내려왔다. 그들은 정훈과 최 씨가 가져온 상자들을 요리조리 살펴보며 고르더니, 각자 한 개씩 들고 위로 올라갔다. 30초도 채 걸리지 않았다. 행동이 너무 빨라 군기가 잔뜩 잡힌 훈련병 같았다. 정훈은 상자를 든 채로 멍하니 그들을 구경했다.

"내가 센타장님한테 연락했으니까 따로 연락 안 해도 돼요."

여자는 그렇게 말하곤, 4층으로 올라갔다.

"저 아줌마는 누구예요?"

정훈이 마지막 상자를 내려놓으며 말했다.

"실장님이야. 여기는 실장이 총 세 명 있는데, 저 실장이 그중에서 대빵이야. 잘 보여야 돼."

말을 끝내자마자 최 씨가 배를 움켜잡았다.

"아이구 정훈 씨, 나 이제 안 되겠어. 정훈 씨는 10분 정도 쉬어. 그리고 1층 왼쪽 집으로 가서 먼저 반품 들어온 것들 천

비어 있는 상자

천히 나르고 있어. 나 아마도 오래 걸릴 거야."

최 씨는 꽥꽥 오리 울음소리 같은 방귀를 뀌며 계단을 껑충 껑충 뛰어 내려갔다.

그때, 4층 쪽에서 또 환호 소리가 났다. 전보다 더 큰 소리였다.

─올라가서 잠깐 봐볼까. 최 씨 자기가 안 가봤다고 했지, 올라가지 말라는 얘기는 안 했잖아?

정훈은 천천히 계단을 올랐다. 혹시 출입 금지 규율을 어겨서 큰일이 생기기라도 하면, 오늘 처음 일한 사람이니까 실수겠거니 하고 한 번쯤 봐줄 거라 믿었다. 안 봐도 분명 미친 짓들을 하고 있겠지만, 그래도 보고 싶었다. 호기심이 망설임을 이겼다. 정훈은 빠른 속도로 계단을 올라 4층 복도에 도착했다.

"어머, 너무 잘 어울리신다."

왼쪽 집에서 대빵 실장의 목소리가 들렸다. 정훈은 살금살금 왼쪽으로 걸어가 고개를 빼꼼 내밀었다.

거실 한가운데에 1인 소파와 대형 소파, 그리고 긴 테이블 하나가 있었다. 테이블 바로 옆에는 전신 거울이 하나 있었고 그 앞에 실장과 어떤 벌거벗은 남자가 서 있었다. 남자는 거울에 비친 자신의 몸을 보다가, 뒤로 돌아 등 쪽도 꼼꼼히 살펴봤다.

－어?

테이블 위에 옷이 보였다. 검정색 트레이닝 복. 아까 건물 입구에 서 있던 20대 남자의 옷이었다.

－설마, 저 남자…… 지금 껍질을 입고 있는 거야?

남자는 맨손체조 하듯 팔을 위로 쭉 뻗었다 내렸다를 반복했다. 정훈은 생전 처음 보는 광경에 넋이 나갔다. 징그러워할 겨를이 없었다. 그때 아까부터 계속 났던 환호 소리가 또 쩌렁쩌렁 복도 전체에 울려 퍼졌다. 살금살금 뒷걸음친 정훈은 몸을 틀어 4층 오른쪽 집으로 조용히 걸어갔다. 그곳엔 셀 수 없을 만큼 많은 사람이 베란다 쪽을 보며 우글우글 서 있었다.

－이게 다 몇 명이야.

대략 마흔 명 정도 되어 보였다. 다들 검은색 정장에 가지각색의 복면을 쓰고 있어서 성별이나 나이를 가늠하기 힘들었다. 정체불명의 마흔 명이, 35평 아파트 거실에 꽉 들어차 무언가를 보며 소리치고 있었다.

정훈의 눈에는 사람들의 등밖에 보이질 않았다. 이 사람들이 무얼 보고 환호하는지 더 알고 싶어졌다.

"자, 여러분들이 그토록 기다리셨던, 바로 그것을 지금 보여

비어 있는 상자

드리겠습니다."

사람들 너머 누군가가 말했다. 베테랑 연극배우라고 해도 믿을 만큼의 우렁찬 발성이었다. 곧, 촤아악하고 마치 묵직한 천막이 거둬지는 듯한 소리가 났다.

와아아아아. 그토록 기다리던 가수가 무대 위에 등장했을 때와 같은 환호성이 울려 퍼졌다. 마흔 명의 목소리가 사방에서 반사되어 정훈의 귀에 무더기로 꽂혔다. 목덜미와 팔뚝에 닭살이 돋았다.

"딱 봐도 어려 보이지 않나요? 이거 이거 피부 좀 보세요."

― 이것들이 뭘 보고 있는 거야.

정훈은 자신도 모르게 앞으로 걸어갔다. 사람들은 또 와아아 하는 소리를 내며 감탄했다. 여기저기서 침을 꼴깍 삼키는 소리도 났다. 귀신에 홀린 듯한 걸음으로 천천히 그 안으로 걸어간 정훈은…… 보고야 말았다.

사람들 어깨너머에 있는……, 이 미친 사람들이 눈독 들이며 갖고 싶어 하는 것을. 그것은 140센티미터 정도의 키에 짧은 머리를 한, 남자아이의 껍질이었다. 당연히 실오라기 하나 걸치지 않았다. 껍질은 베란다 창문을 등진 채 세워져 있는, 2미터 높이에 가로 길이 1미터인 갈색빛 원목 나무판에 걸려 있었다.

정훈은 자신의 입을 틀어막았다. 왼손, 오른손을 순서대로 포개어 온 힘을 다해 틀어막았다. 그 아이는 꿈틀거리고 있었다. 움직임이 클 때면, 곳곳에서 오, 하는 감탄이 이어졌다. 그때, 누군가 뒤에서 정훈의 어깨를 탁 쳤다. 정훈이 깜짝 놀라 몸을 뒤로 휙 돌렸다.

"그렇게 좋아?"

남자 성기 모양의 가면을 쓴 늙은 남자가 정훈을 보며 웃고 있었다. 가면의 음경 부분 양옆으로 삐져나온 얼굴에 자글자글한 주름이 가득했다. 노인은 정훈의 팔뚝을 가볍게 툭툭 치고는, 사람들 무리 안을 비집고 들어갔다.

"자, 300부터 시작합니다."

와아아아. 사람들의 환호를 듣자 갑자기 눈가에 눈물이 고였다. 더는 입 밖으로 터져 나올 비명을 막아낼 수 없었다. 본능적으로 달려 복도로 나갔다. 발이 어떻게 움직여 계단을 딛고 있는지 알 수 없었다. 그저 이 악마들의 소굴에서 벗어나야만 했다.

정훈은 순식간에 1층까지 내려왔다. 그러곤 입구를 나와 승합차 쪽으로 뛰어가려는데, 다리에 힘이 풀려 두 발자국 만에 쓰러졌다. 심장 소리가 머리통 전체를 쾅쾅 때렸다. 계속 이렇게 뛰다간 고막이나 뇌가 터질 것만 같았다. 한참을 쓰러진 채로 앉아 있는데, 정훈의 왼쪽 얼굴이 따갑고 뜨거워졌다. 한여름 햇볕이 내리쬐고 있었다.

벌건 대낮에 이런 일이 벌어지고 있다니. 정훈의 온몸에 소름이 끼쳤다. 오늘의 최고기온 30도가 무색할 만큼, 정훈의 몸은 한기로 얼어붙었다.

– 돈이고 뭐고 다 필요 없어. 세상에 널린 게 일이야. 관두자. 이건 사람이 할 짓이 아니야. 최 씨가 오면 바로 그만두겠다고 말해야지.

정훈이 손으로 자신의 뺨을 때리며 고개를 마구 흔들어댔다.

– 아니지, 당장 경찰에 신고하자.

갑자기 다리에 힘이 생겼다. 당장 일어날 수 있을 것 같았다.

– 최 씨가 오기 전에 일단 도망치면서 경찰에 신고해야겠어.

그때, 정훈의 뒤쪽에서 철푸덕 하고 익숙한 소리가 났다. 세탁기에서 갓 꺼낸…… 겨울용 후드 티셔츠 같은 옷을 건조대 위에 대강 걸쳐놨다가, 그만 미끄러져 베란다 타일 바닥으로 떨어질 때. 딱 그럴 때 나는, 묵직한 철푸덕 소리였다.

스으윽. 스윽. 이어서 맨발로 바닥을 끌며 걷는 듯한 소리도 났다.

ㅡ최 씨인가?

스으윽. 스으으윽. 사악. 스윽. 스윽. 사아아악. 스윽. 스으으윽. 슥슥. 스윽슥. 사악.

ㅡ어? 한 명이 아닌데?

뒤돌아볼 새도 없이 무언가가 빠른 속도로 정훈의 목에 휘어 감겼다. 정훈은 재빠르게 두 손을 올려 자신의 목을 감싼 그 무언가를 잡으며 일어났다. 하지만 조금 일어나다 말고 바닥으로 고꾸라졌다. 정훈을 잡아당기는 힘이 정훈보다 훨씬 더 셌다. 다른 무언가가 정훈의 오른팔, 왼팔을 낚아챘다. 그리고 목에 한 겹, 두 겹 더 두껍게 휘감겼다.

비명조차 지르지 못한 상태에서, 정훈은 아파트 건물 안쪽으로 질질 끌려갔다. 고개를 이리저리 돌려 이게 무슨 상황인지 파악하고 싶었지만, 목을 감싸고 있는 것들이 마치 깁스처럼 고개를 뻣뻣하게 고정시켰기 때문에 절대로 불가능했다.

스스슥 사아악 스으윽 스스스스스스스.

수많은 그 무엇들이 바닥을 거칠게 쓸어대는 소리가 사방에서 들려왔다. 정훈의 몸은 1층 왼쪽 집으로 빨려 들어가듯 끌려갔다. 그리고 순간 몸이 통째로 떠오르더니 팔과 목에 감싸져 있는 것들이 차르르 풀렸다. 정훈은 마치 원반처럼 벽 쪽으로 빙글빙글 회전하며 날아가 세게 부딪히고는 바닥에 툭 떨어졌다. 오른쪽 다리가 벽에 비스듬하게 부딪히는 바람에 무릎뼈가 완전히 어긋나 꺾였다. 하마터면 뼈가 살을 뚫고 튀어나올 뻔했다. 집 제일 안쪽에서 무언가가 반복하며 질퍽대는 소리가 들렸다. 정훈의 앞쪽에선 쓰윽, 싸아아, 스으으윽, 싹, 하는 소리가 났다.

정훈이 온 힘을 다해 상체만 일으켜 세워 등을 벽에 기대고 앉았다. 어림잡아 일고여덟 정도 되는 무언가가 자신에게 기어 오고 있었지만, 벽에 부딪힌 충격 때문인지 시야가 흐려 잘 보이지 않았다. 고개를 세게 저으며 눈을 질끈 감고 뜨는 걸 반복했다. 그러자 자신에게 기어 오는 것들에게 초점이 맞아 선명히 보였다. 열 개의 벌거벗은 껍질이다. 마치 송충이처럼 기어 오고 있었다. 얼굴을 바닥으로 향하고 슥, 삭, 슥, 삭, 몸을 오므렸다 폈다를 반복하면서.

그중에는 배영을 하듯 등을 바닥에 댄 채로 기어 오는 껍질도 있었다. 온몸에 주름이 자글자글한 노인 여자 껍질과 평퍼짐하게 넓적한 남자 껍질이었다.

"거……봐. 내가 성공할 거라 했지."

노인 여자 껍질이 말했다.

탁. 탁. 우지끈. 아까부터 질퍽대는 소리가 나던 집 안쪽에서 굵은 나뭇가지 몇 개가 부러지는 듯한 소리가 들렸다. 정훈은 고개를 그쪽으로 돌렸다.

최 씨가 사람 껍질 열 개에 휘어 감긴 채 뼈가 으스러지고 있었다. 서로 얽히고설켜 있는 껍질이 똬리를 튼 살색 아나콘다 한 마리처럼 보였다. 똬리 바깥으로 최 씨의 머리, 왼쪽 어깨와 팔만 삐져나와 있었다. 눈, 코, 입에서 피가 새어 나와 줄줄 흘러내렸고, 눈구멍에서 빠져나온 눈알 하나가 껍질들이 움직일 때마다 대롱거렸다.

스스슥. 스슥. 스스스스. 소리가 점점 더 가까워지자, 정훈이 자신에게 기어 오는 껍질들에게 소리치듯 말했다.

"살려주세요."

껍질들 모두가 일체 움직임을 멈췄다.

"구해드릴게요. 안 그래도 지금 경찰에 신고하려 했어요. 저는 위에 있는 사람들과 달라요. 저 오늘 처음 온 배달부예요."

몸을 너무 심하게 떠는 바람에 턱 양쪽에 맺혀 있던 땀이 뚝뚝 바닥으로 떨어졌다. 정훈에게 가장 가까이에 있는 남자 껍질 하나가 고개를 갸우뚱하며 입을 열었다.

"무슨 소리를 하는 거야."

이 껍질은 등에 온갖 멍 자국이 많았고, 심한 원형탈모였는지 머리카락이 군데군데 빠져 맨살이 드러나 있었다.

"여러분들 제가 다 구해드린다고요. 저는 여러분들 팔아넘기거나 해칠 생각은 하나도 없……."

"하하, 이 아저씨 이거 착각을 해도 아주 단단히 했네."

껍질이 정훈의 말을 끊고 크게 웃으며 말했다. 그리고 끄응 소리를 내며 팔을 바닥에 짚어 상체를 일으키더니 발목을 천천히 꺾어 흐물흐물, 휘청거리며 간신히 두 발로 섰다. 앞모습이 보였다. 가슴과 배, 그리고 허벅지 곳곳에도 등만큼이나 멍 자국이 많았다.

"넌 우릴 구할 수 있는 사람이 아냐. 진짜 우릴 구해줄 사람은 위에 있어. 저 사람들은 우릴 보고 환장하잖아. 침까지 흘리면서 말야. 너 이런 인기를 받아본 적 있어?"

껍질이 정훈을 깔보듯 내려다보며 말했다.

"……."

"게다가 우리 같은 사람들을 어마무시한 돈으로 가치를 매겨준다고. 내가 평생 일해도 만져보지 못할 액수로 나를 사 간다면, 얼마나 영광스러운 인생이야. 안 그래?"

뒤쪽에 있던 껍질들 몇몇이 "옳소.", "아, 얼마나 좋을까."라고 말하자 하나같이 다 웃기 시작했다. 그들의 웃음소리는 공기 주입기로 자전거 바퀴에 아주 빠른 속도로 공기를 넣을 때 나는 소리와 똑같았다.

"저놈은 우리를 너무 싫어해. 우리가 뭐라 말 걸어도 대꾸는커녕, 늘 닥치라고만 했어. 저건 돈도 없는 주제에 미친 소리만 해대던 영감탱이야."

껍질이 형체를 알아볼 수 없을 정도로 짓이겨진 최 씨를 자신의 흐느적거리는 팔로 가리켰다. 중심을 잡기 힘든지 몸 전체가 앞뒤로 조금씩 흔들렸다.

"반품당한 우리를 가지러 왔으면서 뭐? 구하러 와? 경찰에 신고를 해? 무슨 그런 얼빠진 소리를 하는 거야. 우리를 살리려면 길산 창고가 아니라, 다시 위로 올려줘야지. 안 그래?"

"뭐?"

"우리 모두를 저기 있는 상자에 다시 담아. 그리고 7층 중고 거래점으로 올려주기만 하면 돼. 그럼 이후 일은 우리가 알아서 기고 빌고 애원하면서 해결할 거야."

정훈은 멍하니 아무 말 없이 껍질을 올려다봤다.

"명령이다. 저 영감처럼 뒈지고 싶지 않으면 당장 우리를 7층으로 올려놔."

"미친놈들."

정훈이 소리쳤다. 껍질을 노려보는 정훈의 시선에 혐오가 잔뜩 배어 있었다.

"니들은 올라가 봤자 또 버려질 거야. 차라리 집으로, 아니 병원으로 가. 내가 경찰에 바로 신고할게."

정훈의 "또 버려질 거야."라는 말이 끝나는 순간, 구석에서 최 씨를 가지고 놀던 껍질 열 개가 움직임을 멈췄다.

정훈이 끙끙거리며 폰을 꺼내 112를 눌렀다. 그때, 껍질 모두가 일제히 비명을 질렀다. 얼굴이 새빨개질 정도로 힘껏 분 호루라기 소리가 비슷했다. 그런 소리 스무 개가 동시에 모여 증폭되자, 정훈의 고막이 찢어져 양쪽 귀에서 피가 흘러나왔다. 이어서 극심한 두통이 밀려왔다.

껍질들이 그르릉거리며 짐승 소리를 냈다. 그러곤 쏜살같이 정훈에게 기어가기 시작했다. 최 씨를 옥죄고 있던 껍질들도 정훈에게로 향했다.

"우릴 살 돈도 없는 못생긴 가난뱅이 주제에."

정훈 앞에 서 있던 껍질이 울먹거렸다. 그러곤 앞으로 철퍼덕 하고 넘어져, 정훈에게 기어갔다. 전속력으로.

　5초도 채 되지 않아 정훈은 껍질들에게 휘감겼다.

❖❖❖

　– 으…… 나 돈 벌어야 되는데. 나오자마자 그냥 도망칠걸.
여보, 엄마…… 사랑해. 이 빌어먹을 괴물 놈들 때문에…….

　기절했던 정훈은 자신의 뼈가 으깨지는 소리에 잠깐 깨어
났다. 얽히고설킨 껍질들은 뱀처럼 똬리를 틀어 정훈을 옥죄
면서 7층으로 올라갈 계획에 대해 회의를 하는 중이다.

　"딱히 좋은 수가 없네."

　"키키. 일단 올라가서 생각해 보죠."

　– 멍청한 것들.

　정훈은 이번엔 완전히 의식을 잃었다.

❖❖❖

　슥, 삭, 슥, 삭.

　1층 왼쪽 집에서 껍질들이 하나둘씩 나온다. 한 줄로 열을

맞춰, 똑같은 속도와 리듬으로 계단을 기어 올라간다.

슥, 삭, 슥, 삭. 슥, 삭, 슥, 삭. 슥, 삭, 슥, 삭.

무미의 끝

정현수

†

　내 이름은 강어진이다. 20대에 대기업 취업에 성공하여 나름 행복한 삶을 살아가고 있다. 지금부터 나는, 내가 접하게 된 아주 괴이한 이야기를 할 것이다. 미리 덧붙이자면, 나는 그가 변해버린 것은 단지 우연이 아니었다고 생각한다.

　모든 것은 늦은 밤, 대문을 두드리는 둔탁한 소리에서부터 시작되었다고 볼 수 있다. 그때 나는 늦은 저녁을 먹고 있었는데, 그날따라 추적추적 내리는 빗소리가 배경음악이 되어주었다. 마지막 남은 고깃덩이에 포크를 꽂는 순간, 그 둔탁한 소리가 두어 번 울렸다. 문을 열자, 밝은 갈색으로 머리카락을 물들인 남자가 상자를 내밀었다. 남자가 입은 비옷 사이로 조끼가 비쳤다. 조끼의 왼쪽 가슴팍에는 '퀵'이라는 글자와 함께 번개 모양의 로고가 있었다. 번개와 함께 배송된 상자는 비를 맞아 여기저기가 흠뻑 젖어 있었다.

남자의 오토바이 소리가 멀어져 가는 걸 들으며 나는 상자를 식탁의 구석에 내려놓고 열어보았다. 빗물을 먹을 만큼 먹은 상자는 손으로도 충분히 해체할 수 있었다. 죽죽 잡아 찢은 상자의 중심에는 비닐에 쌓인 편지가 있었다. 여러 겹으로 편지를 감싸고 있는 얇은 비닐들을 떼어내자, 여기저기가 구겨지고 왠지 모를 검은 자국이 묻은 봉투가 드러났다. 봉투에는 우표 한 장 붙어 있지 않았고, 누가 보냈는지도 적혀 있지 않았다. 다만, 한쪽 귀퉁이에 적힌 내 이름을 보니 나에게 온 건 확실해 보였다. 누군지는 몰라도 대단히 급하게 휘갈겨 쓴 것 같았다. 그게 아니라면 엄청난 악필이거나.

안 무서웠다고 하면 거짓말이다. 누가 보냈는지도 모르는 비 오는 날의 편지를 두려워하지 않는 사람은 별로 없을 것이다. 게다가, 최근 주변에서 살인 사건까지 일어난 터라 나는 무척이나 고민했다. 말라비틀어진 봉투 옆에서는 포크가 꽂힌 고깃덩이가 기어코 피를 토해내었다. 미디움 레어로 익힌 고깃덩이가 출혈하는 것을 보다가, 오른손 앞에 있는 와인 잔에 눈길이 갔다. 레드와인을 반병 정도 들이켜자, 용기가 조금 났다.

세상에 털어서 먼지 안 날 인간은 신생아를 제외하고는 없다고 봐도 무방하다. 물론 나도 그렇다. 나를 시기하는 사람이 보냈을 확률 역시 존재한다. 사실 요즘 같은 각박하고 정 없는 세상을 고려한다면, 안 열어보고 버리거나 경찰서에 신고하는 등의 방안이 합리적일 것이다. 그러나 으레 대부분의 인간은 호기심이 지나치게 많다. 판도라의 상자가 괜히 열린 것이 아니다. 그러니까 나도 봉투를 열었다는 얘기다.

봉투 속에는 지나치게 마른, 뻣뻣한 종이 뭉치가 들어 있었다. 가장 먼저 눈에 들어온 것은 뭉치 중 가장 위에 있던 종이의 상단이었다.

나의 가장 친했던 친구 어진이에게. 지혁이가.

지혁이. 그러니까 하지혁은 내가 고등학생 시절, 나와 가장 친한 친구였다.

고등학교 2학년 때였다. 지혁은 굉장히 공부를 잘하는 모범생이었고, 나는 게임밖에 모르는 흔한 학생이었다. 첫 만남은 다분히 의도적이었고, 다분히 타의에 의한 것이었다. 당시 교무부장이었던 담임이 본인의 성과를 내기 위해, 지혁에게 반에서 제일 공부 못하던 나를 방과 후마다 가르치라고 한 것이다. 후에 지혁에게 물으니 그녀가 제시한 것은 학교장의 추천서와 봉사 시간이었다고 했다.

처음 마주한 지혁은 나에게 무언가를 가르치려 하지 않았다. 그는 나에게 눈길도 주지 않은 채, 본인의 자리에 앉아서 그냥 아무 말 없이 노트에 무언가를 필기하는 데 열중했다. 나는 그 고요한 어색함을 먼저 깨고 싶지 않았다. 그래서 휴대폰을 꺼내서 무역 게임에 접속했다. 그리고 그의 눈치를 살짝 살피고 나서 게임 소리를 조금 키웠다. 사각거리는 소리와 게임의 배경음은 묘한 시너지를 냈다.

사각거리는 소리가 먼저 멈췄다.

"제노바네?"

그게 지혁이 나에게 건넨 첫마디이자, 나를 구원해 준 말이었다. 당시의 나는 그걸 모른 채 게임 화면에서 눈도 떼지 않고 쏘아붙였다.

무미의 끝

"뭐야, 너도 이 게임 하냐?"

"1학년 때는 했었지. 이젠 하고 싶어도 못 해."

"아, 그러냐."

나는 심드렁했다. 대화는 자연스럽게 끊겼고, 곧 모범생 녀석은 나를 포기한 채 자기 공부만 할 게 뻔했고 집에 돌아가서 재미없는 고난도 수학 문제나 풀 것이 확실했기 때문이다. 그러나 모범생 녀석은 어느새 내 뒤로 다가와 있었다.

"제노바에서는 유리구슬을 사는 게 좋아. 그리고 마데이라에 가서 파는 걸 추천해."

"왜?"

그날을 시작으로, 우리는 급속도로 가까워졌다. 방과 후마다 우리에게는, 우리만의 순서가 있었다. 일단, 나는 전날 그에게서 배운 게임 정보를 분석한다. 내가 고민하는 동안, 그는 숙제 및 필기를 마무리한다. 사각거리는 소리가 멈추면 그는 내 분석을 듣고 세계의 상권과 게임의 상권에 관해 설명해 준다. 게임의 시간적 배경에 따른 역사적 사건들까지 듣고 나면 내 차례였다. 나는 요즘 유행하는 말, 음식, 춤, 그리고 노래 등을 알려주었다. 상대방의 설명을 듣는 우리의 눈은 환하게 빛났다. 그렇게 정보 교환이 끝나면, 우리는 쓸데없는 이야기들을 하며 시간을 보냈다. 이 순서를 반복하면서, 나는 경영 및 투자에 관심을 가지게 되었고 관련 책을 찾아보기 시작했다.

공부에 재미를 붙이게 된 나는 빠르게 성적이 올랐고, 지혁은 자기 일처럼 축하해 주었다. 환하게 웃던 그가 갑자기 사라진 것은 기말고사 성적표가 나온 다음 날이었다. 기말고사 성적표가 나왔을 때, 지혁의 표정은 어두웠다. 내가 그의 얼굴을 살피며 성적이 좋지 않게 나왔냐고 묻자 그는 쓴웃음을 지으며 종이를 건네주었다. 그때 난 전 과목에서 단 한 문제 틀린 천재를 마주할 수 있었다. 그러나 천재는 평소와 달랐다. 사각거리지 않았다. 지혁은 천천히 가방을 챙기더니 고개를 돌려 나를 바라보았다. 그러고는 씩 웃으며 말했다.

"땡땡이치자."

그렇게 우리는 처음이자 마지막으로 교실이 아닌 공간에서 함께 놀았다. PC방에서 함께 무역 게임을 하고, 노래방에서 목이 터져라 노래를 불렀고, 오락실에서 인형 뽑기로 돈을 탕진하기도 했다. 무엇보다도 가장 기억에 남는 일은 다 놀고 헤어지기 직전, 근처 편의점에서 컵라면 하나를 나눠 먹은 일이다. 당시 나온 지 얼마 안 된 신제품이었던 그 컵라면은 무척이나 맵다고 광고했는데, 그 광고가 성공하여 인기가 무척 많아졌기에 구하기가 하늘의 별 따기였던 제품이었다. 심지어 일부 가게 사장들은 일부러 지인들에게 나눠주기 위해 판매대에 그 컵라면을 올리지 않았으며, 중고 거래 플랫폼에서는 웃돈까지 얹어야지만 구입이 가능할 정도의 대란이었다. 신기한 것은 당시 우리가 갔던 편의점에 그 컵라면이 딱 하나가 남아 있었다. 더 신기한 것은, 이 편지도 그 컵라면 이야기로 시작된다는 것이다.

참고로 그 컵라면을 끝으로, 지혁은 학교에 나오지 않았다.

안녕 어진아, 우리가 컵라면 먹었던 거 기억해? 사실 그때 먹은 컵라면이 마지막이었어. 내가 맛을 느낀, 정상적인 음식은 그게 마지막이었어. 미각이 이상해진 계기는 아직도 잘 모르겠어. 방과 후에 수많은 학원들을 가야 했던 탓인지, 그 학원들에서 겨우 빠져나와도 새벽달을 보며 매일 개구리즙을 먹어야 했던 탓인지 잘 모르겠어. 집중력이 좋아진다는 개구리즙은 엄마가 직접 구해다 주신 건데 맛이 정말 역했거든. 근데 어느 순간부터 그 역한 맛이 느껴지지 않는 거야.

처음엔 되게 좋았지. 적어도 개구리즙 때문에 받는 고통은 없어졌으니까. 하지만 무미(無味) 증상은 갈수록 심해졌어. 사과, 인삼, 녹용, 자라탕, 삼계탕 등 나는 엄마가 주는 모든 음식의 맛을 잃어버리게 된 거야. 굳이 엄마에게 이야기하진 않았어. 어차피 내 성적, 내 미래 말고는 신경 쓰시지 않는 분이니까. 오히려 그녀는 이제야 내가 음식을 잘 먹는다며, 음식의 맛을 알게 되었다며 기뻐했지. 언제나 그랬듯이 문제는 나, 하지혁이었어.

맛을 느끼지 못하는 하루가 이틀이 되고, 이틀이 사흘이 되고, 사흘이 한 달이 되었을 때쯤이었을 거야. 나는 어지간한 음식에선 아무런 맛도 느낄 수 없게 되었어. 그때 먹었던 컵라면처럼 아주 맛이 강한 음식이 아니면 그냥 물이랑 똑같은 맛이 나더라.

그래서 나는 맛이 느껴지는 음식들을 찾아 헤맸어. 악마의 냄새라고 불리는 두리안을 시작으로, 세계 최고의 악취 음식인 수르스트뢰밍, 레몬 중에서도 가장 신 품종인 빌라프렌카, 너무 매워서 유체 이탈을 경험하게 된다는 유령 고추, 설탕보다 몇백 배 단맛을 가진 사카린까지. 다행히 모두 인터넷으로 살 수 있었어. 아, 돈 걱정은 없었어. 우리 집안이 가진 거라곤 돈밖에 없었으니까.

그런데 그것들도 한두 번이었어. 옅게라도 느낄 수 있었던, 맛이라는 감각이 또다시 사라져 버린 거야. 나는 한동안 무척이나 우울했어. 매일 물을 씹고, 물을 뜯는 그런 삶을 살아가다 보니 정신이 온전할 리가 없었지. 게다가 눈치도 없는 배는 자주 고파왔기에 더욱 신세가 처량해지고 살기가 싫어지더라. 배에서 음식을 달라고 아우성을 칠 때마다 나는 내 배를 마구 패고 싶다는 생각까지 했어. 인간에게서 먹는 즐거움을 뺏어간다면, 행복의 절반이 사라질 것이라는 말이 딱 맞더라. 그렇게 나는 매일을 울거나, 멍하니 있거나, 누워 있는 그런 삶을 살아가고 있었어. 물맛이 나는 음식들을 억지로 먹으면서 말야. 그러다 갑자기 그 컵라면이 너무 먹고 싶어진 거야. 그래, 너랑 먹었던 그 컵라면.

불행하게도, 그 컵라면의 인기는 식지 않았더라. 새로운 광고가 중독성이 대단한 캐치프레이즈를 내세워서 오히려 더 비싼 몸이 되어 있었지. 웃돈을 주더라도 사고 싶었던 나는 중고 거래 사이트를 찾았지만, 거기서도 그 컵라면은 모두 팔린 상태더라고. 고뇌하던 나는 대리 만족이라도 하기로 했어. 인터넷을 뒤져서 영상을 찾았어. 언젠가 네가 알려준 플랫폼을 이용하니까 쉽게 찾을 수 있더라. 맛깔나게 컵라면을 먹던 남자가 중간에 엄청 매워하며 배가 아프다고 화장실로 달려가는 영상이었는데, 그걸 보고 깨달았어. 내가 무얼 얼마나 먹던 간에 건강에 문제가 생기지 않는다는 걸. 청양고추보다 100배 맵다는 유령 고추를 스무 개 먹었을 때도 배가 하나도 아프지 않았거든.

'어떤 것을 먹더라도 나는 아프지 않다.'는 근거 없는 믿음이 생긴 나는 우연히 찢어진 벽지를 발견했어. 얼마 전에 책상을 옮기면서 찢긴 것이 분명해 보였어. 내 엄지발가락 바로 위쪽에 있던 균열은 열린 창문으로 들어오는 바람에 묘하게 한들거리며 춤을 췄어. 그렇게 먼지가 내려앉은 베이지색의 벽지를 가만히 바라보다가, 나는 충동을 이기지 못했어. 손으로 톡하고 뜯은 뒤 입으로 가져갈 수도 있었지만, 당시의 나는 배를 바닥에 붙인 채 엎드려서 벽지를 뜯어 먹어버린 거야. 놀랍게도, 맛있었어. 내가 한쪽 벽면을 모두 뜯어 먹기까지는 오랜 시간이 걸리지 않았어.

베이지색 벽지에서는 카스텔라 같은 달달한 맛이 났고, 파란색 표지의 국어 공책에서는 페퍼민트 같은 쌉쌀한 맛이 났어. 하얀색 지우개에서는 감자칩 같은 짭짤한 맛이 났고, 샤프심은 바삭거리는 기름진 맛이 났어. 항상 들고 다녔던 검은색 필통은 더 이상 본래의 용도를 유지할 수 없었어. 그건 그냥 나를 위해 만들어진 속이 가득한 김밥이 되어버렸거든. 참고로 책상에 붙어 있던 수많은 포스트잇들은 입가심용 후식으로 제격이었는데, 글자가 많이 적혀 있을수록 새콤한 맛을 냈어. 신기하지 않냐.

방 안의 음식 아닌 음식들을 배부르게 먹고 나니 그런 생각이 들더라. 나는 네가 먹는 것과는 다른 것만 먹을 수 있게 되어버린 거야. 절망감 같은 부정적인 감정은 하나도 들지 않았어. 오히려 대단히 기뻤다? 물만 먹는 삶을 끝마칠 수 있었으니까. 맛이라는 소중한 감각을 다시 느낄 수 있다는 가능성에 마치 밝은 태양빛이 내리쬐는 것만 같았어.

혹시 기억하려나. 그때 갔던 오락실 뒤쪽으로 작은 산이 하나 있었잖아. 저 정도는 산도 아니라고 네가 말했던 거기 말야. 나중에 검색해 보니까 300미터도 안하더라. 나는 그 야트막한 산을 자주 찾았어. 정말 맛있는 것들이 많았거든. 나에게 그 산은 어떤 메뉴가 나올지 모르는 신비로운 식당이었어. 쥐며느리와 나뭇잎으로 산뜻하게 전채 요리를, 개구리와 딱정벌레로 메인을, 소나무 아래에 있는 축축한 흙을 디저트로 내어주는 멋진 곳이었어. 산마카세라고도 할 수 있겠다.

짧지 않은 시간 동안, 나는 그 산에 의존했고 산이 만들어낸 것들을 먹으며 다시 건강해지기 시작했어. 창백했던 얼굴에는 다시 혈색이 돌았고, 파리했던 입술은 새빨갛게 빛났어. 그게 다 그 산이 나에게 선사한 다양한 맛 덕분이었어. 그전까지의 내 삶에선 찾아볼 수 없었던, 무척이나 긴 행복이었지. 하지만 고질적인 문제가 또 터져버렸어. 다시 무미 증상이 도진 거야. 그걸 깨달은 날은 가장 짜릿한 맛이 나는 주황색 지네를 두 마리나 잡은, 운수 좋은 날이었어. 나는 함박웃음을 지으며 두 마리를 잡자마자 한꺼번에 입에 집어넣었는데, 아무 맛도 나지 않았어. 심지어 입안의 지네가 혀를 독니로 물기까지 했는데도 감각이 느껴지지 않더라. 전날 저녁까지도 느껴졌던 것이 하루아침에 다시 사라져 버리는 기분은 정말 끔찍했어.

정들었던 산을 떠나서 나는 맛이 느껴질 만한 것들이 있는 곳을 찾아 나섰어. 바위가 가득한 높은 산으로, 사람이 살지 않는 무인도의 갯벌로, 출입이 통제된 공장이 많은 동네로 발걸음을 재촉했어. 하지만 슬프게도 맛이 느껴진 것은 소수였고, 그마저도 잠시뿐이었어. 힘들게 발품을 팔아 얻은 맛을 다시 뺏기는 기분은 정말 참혹했어.

그날은 30년 동안 사람의 왕래가 없었던 섬을 다녀온 때였어. 거기서는 무언가 맛이 나는 것을 찾을 수 있을 거라 생각했는데 허탕이어서 기분이 좋지 않았지. 뱃멀미가 심한 내가 배를 타고 몇 시간을 들어가는 노력을 보였는데도 아무것도 얻지 못했단 말야. 일단 뭍으로 나온 나는 뭐라도 먹어야 했기에 근처 낚시용품 가게에 들어갔어. 가장 가까이 있던 컵라면 하나와 생수를 집어 계산대에 놓은 다음, 카드를 내밀었는데 이게 웬걸. 카드가 정지되었다는 거야.

생각나는 사람은 단 한 명밖에 없었어. 그 사람을 찾아, 간만에 스스로의 의지로 집에 돌아갔어. 휴대폰 뒤쪽에 넣어둔 비상금이 있어서 다행이었지. 잔뜩 구겨진 만 원짜리 한 장이었지만, 그때만큼은 그 가치가 몇 배는 올랐던 것 같아. 카드만 가지고 살아가다 보면 이런 문제가 생긴다니까. 너도 꼭 현금은 어느 정도 들고 다니길 추천해. 만약을 대비해서 말야.

현관 비밀번호는 바뀌지 않았더라. 처음으로 그에게 대들었을 때, 그는 나를 내쫓고 비밀번호를 바꿔버렸었거든. 머물 곳을 잃은 나는 분명하지만 너무 크지 않게, 그의 심기를 건드리지 않을 만큼만 문을 두드리며 울었어. 들어가게 해달라고 얼마나 빌었는지 넌 모를 거야.

도어 록에 비밀번호를 입력하자 내 마음과는 정반대인, 경쾌한 소리와 함께 현관문이 열렸어. 문을 열자마자 눈에 들어온 것은 시커먼 정장을 차려입은 무표정한 그였어. 그 옆에는 엄마가 긴장한 채 앉아 있더라. 테이블에 단정하게 앉아 있던 그는 내가 올 것을 알고 있었다는 듯 슬쩍 나를 곁눈질하더니 퉁명스럽게 말했어.

"이번엔 꽤 많이 참아줬다."

그 짧은 문장에 나는 아무 말도 못 하겠더라. 뱀을 마주한 토끼의 심정이었어. 뱀이 아무 행동을 취하지 않아도, 토끼는 본능적으로 알아차리지. 여기를 떠나야 한다고. 그래야 자신이 살 수 있다고. 그래서 자연의 토끼는 산이나 들로, 아니면 자신이 파놓은 굴로 달려 도망치지만, 집토끼는 움직이지 못해. 갈 곳이 없거든.

보통 사람들은 말하지. 집토끼의 삶은 정말 행복하겠다고. 비춰지는 집토끼는 부유한 집에서 좋은 음식을 먹고, 쾌적한 시설을 이용할 수 있으니까. 하지만 그래서 집토끼는 집을 벗어나지 못해. '밖'이 어떤지 전혀 모르기 때문에, 무척 무서움을 느끼거든. 그렇기에 집토끼는 애교를 부리고, 아양을 떨어야만 해. 집에서 쫓겨나지 않도록, 밖으로 내쳐지지 않도록. 억지로 밝아야만 해. 그래야 했는데, 그 말을 들은 나는 어두워진 얼굴을 지울 수 없었어.

나는 잔뜩 얼어붙은 채 방 안으로 들어갔어. 내가 뜯어 먹었던 벽지는 새것으로 싹 바뀌어 있었어. 균열이라고는 찾아볼 수 없는, 숨 막히는 완연함이었지. 책상에 앉아서 주위를 둘러보니 모든 것이 완벽했어. 책상 왼편에는 검은색 필통이, 오른편에는 파란색 국어 공책이 있더라. 게다가 책상에 붙어 있는 책꽂이의 중앙에는 포장도 뜯지 않은 포스트잇이 한 뭉텅이 놓여 있었어. 그래, 내가 먹어서 없애버린 모든 것들이 다시 재생된 거야. 그렇지만 더 이상 그것들은 나에게 음식으로 보이지 않았어. 식욕이 뚝 하고 떨어져 버렸거든.

아버지가 돌아온 이유는 여전했어. 자신의 회사에 중요한 사람이 방문했는데, 그 사람과의 식사 자리에 내가 동행하기를 원했기 때문이었지. 그는 항상 그랬어. 그의 전부는 '회사', 그리고 '업무'였거든. 그리고 나는 교육이라는 명목 아래, 강제로 조각되면서 그의 입맛에 맞게 사람을 대하는 데 익숙해졌지. 익숙해질 수밖에 없었어. 나는 살고 싶었거든.

내가 집을 찾은 바로 다음 날 저녁, 그와 나는 지붕에 기와가 예쁘게 얹어진 고급 식당에 갔어. 나무 창살과 창호지로 만들어진, 고풍스러운 방문을 열고 들어간 나는 얌전히 앉아 있었어. 얼마 지나지 않아, 중요한 손님이 왔어. 그 손님의 얼굴도 기억나지 않아. 다만 내가 기억하는 것은 그 식당에서 나온 요리들이야. 생간, 천엽, 등골, 복어로 끓인 국 등 전부 내가 지독하게 싫어하는 것들이었거든. 그러나 나는 그를 위해, 아니 나를 위해 특이한 것들을 복스럽게 먹는 아이가 되어야만 했어.

화목한 가정을 훌륭하게 연기해 낸 배우의 말로는 참담했어. 아침에 일어나자마자 나는 화장실로 달려가서 무척이나 긴 구토를

237

했거든. 끔찍한 건, 검고 끈적거리는 무언가를 뱉어냈다는 사실이야. 그래, 마치 타르 같았어. 입을 벌리자마자 그것들은 폭포처럼 세차게 흘러나왔어, 꽤 오랫동안. 그러다 창자가 끊어질 듯한 고통이 느껴지더니 갑작스럽게 멈추더라. 그런데, 음. 그런데 말야. 서서히 통증이 줄어들고 정신이 돌아오면서 맛이 느껴지더라. 그 검고 찐득한 것은 정말이지, 최고의 맛이었어. 굳이 비교를 하자면, 이런 것 같았어.

야트막하다는 그 산에서 딱 두 번 만들어 먹었던 음식인데, 참새랑 비슷하게 생긴 새가 있거든? 그 새를 잡아서 눈을 뽑은 다음, 어두운 상자에 가둬. 그러면 그 새는 항상 밤이라고 생각하게 되거든. 밤에만 먹이를 먹는 그 새는 주는 대로 음식을 먹기 시작해. 그렇게 3주 정도, 먹이만 계속 줘. 먹이로는 벌레보다 과일이 좋아. 더 이상 새가 먹이를 먹지 못할 만큼 살이 오르면, 새를 상자에서 꺼내어 그대로 술에 담가 익사시켜. 이제는 성인이니까 술은 쉽게 구할 수 있잖아? 소주나 맥주 말고, 꼭 과실주여야만 해. 그래야 달콤한 맛이 나거든. 새를 익사시킨 뒤에는 오븐에 10분 정도 구워 먹으면 돼. 첫 맛은 고소한 헤이즐넛 맛이 나고, 폐를 씹었을 때는 눅진한 푸아그라의 맛이, 위를 씹었을 때는 상큼한 캐비어의 풍미가, 다 먹고 나면 멍할 만큼 황홀한 향이 느껴져. 추천할게.

하여튼, 그 타르 같은 것이 그 새보다 더 맛있었어. 침착하게 찬장에서 머그컵을 꺼내 변기에 넣고 떠내서 먹는 것이 우아하겠지만, 당시의 나는 손을 구부린 후, 그 자리에서 미친 사람처럼 마구 퍼먹어버렸어. 교양 없게시리. 그렇게 대여섯 번 정도 먹고 나니까 속이 안정되고 정신이 맑아지더라. 눈에 초점이 돌아오자 주변을 둘러볼 수 있었어. 그러고 나서 깨달았어. '아, 그가 사라졌구나.' 별로 놀랍지도 않았어. 항상 그는 용무가 끝나면 다시 집을 떠났거든. 좀 오랫동안 안 돌아왔으면 좋겠어. 음, 이번엔 다른 신발을 신고 갔나 봐. 항상 신던, 광나는 검은색 구두가 먼지투성이가 되어 있었거든.

나는 차분하게 입을 닦고, 샤워를 했어. 물론 변기 뚜껑은 닫아놓았지. 물이라도 들어가면 안 되잖아? 이제 이 화장실은 나만의 와인 저장고가 된 거야. 우리 집엔 화장실이 세 개나 있어서 하나 정도는 저장고로 써도 괜찮으니까 걱정은 마.

깨끗하게 씻고 나오니 굉장히 개운하더라. 지끈거리던 머리도, 울렁대던 배도 싹 고쳐진 상쾌한 기분이란! 나는 옷장에서 가장 아끼는 새카만 정장을 꺼내 입고, 초록색 넥타이까지 매어 한껏 멋을 내보았어.

정장을 입고 집 밖으로 나가니까 찬바람이 불더라. 못 견딜 정도는 아니어서 그냥 옷깃을 여미고 주변을 걸어보았어. 기분 좋은 산책이었지. 땅거미가 스산하게 내려앉은, 분위기 있는 저녁 하늘이었거든. 바람도 선선하게 불고, 배기가스마저 은은하게 느껴지는 하늘이었어. 그렇게 행복한 얼굴로 걷다가 낯익은 얼굴과 마주쳤어. 자동으로 인사가 나오고, 단정한 자세와 표정이 갖춰지더라. 그 짧은 순간에, 만들어진 하지혁이 반사적으로 튀어나온 거지. 그녀는 인사하는 나를 바라보며 한참을 생각하는 듯 보였어. 그러다 마침내 나를 알아보고는, 그 특유의 기분 나쁜 웃음을 짓더라. 그래, 그 사람은 너랑 나를 만나게 해준 담임이었어.

담임은 이것도 인연이라면서 저녁을 사주겠다고 했어. 거절하는 법을 배우지 못한, 아니 거절이라는 것이 삶에서 적출되어 버린 나는 그냥 끄덕이며 실없이 웃었어. 그녀를 따라간 곳은 동네 횟집이었어. 나무 창살이나 창호지는 볼 수 없는, 막걸리 먹는 중년의 남성들이 드문드문 있는 가게더라. 그녀는 빠르게 메뉴판을 훑어보고는, 가장 저렴한 모둠 회를 시키고 나서 잔뜩 생색을 냈어.

얼마 뒤 회 한 접시가 나왔어. 이가 빠진 그릇에 희끄무레한 것들이 불규칙적인 배열을 이루고 있었어. 그걸 보니 더더욱 먹기 싫어졌는데, 담임은 왜 안 먹느냐고 묻더라. 그 말을 들은 나는 기계처럼 움직였어. 예의 있게, 웃으면서 음식을 먹는 기계. 이번만큼은 맛이 느껴지지 않는 게 축복이었어. 문제는 식감이었지. 입에 오래 남는 물컹거리고 펄럭거리는 이상한 감각이 나를 너무 괴롭혔어.

회를 반 정도 먹는 데 성공했을 때 소리가 들렸어. 찰칵. 그녀가 말없이 내가 함께 나오는 셀카를 찍은 거야. 나는 의아한 표정을 감추지 못했고, 그녀는 그런 내 표정을 알아차리고는 털어놓았어. 별 건 아니고, 그냥 SNS에 올리고 싶었다고

술이 몇 잔 들어가자, 그녀는 푸념을 늘어놓기 시작했어. 열과 성을 다해 학생, 하하, 학생들을 위한 교육을 펴는데 왜 본인은 인기가 없냐는 거야. 어리고 얼굴이 예쁜 선생에게 밀리는 건 이해가 되는데, 정년 퇴임을 앞둔 옆 반 담임보다 인기가 없는 게 정말 이해가 되지 않는다나. 당신 말고 전부가 그 이유를 알 것 같은데, 그치 어진아?

그래서 SNS에다 자신이 제자들에게 무언가를 사주는 사진을 올리려고 마음먹었다는 거야. 그렇게 하면 인기가 생길 거라고 믿었던 거지. 어리석긴. 게다가 나를 알아본 순간, 우리 지혁이라면, 우리 전교 1등이라면, 그 당시 선생들도 자기를 부러워할 것 같아서 바로 끌고 왔다는 거야. 그걸 듣자마자 입과 위가 까끌거렸지만, 그 뒷말이 더 가관이었어.

"네가 이렇게 맛없게 먹든, 테이블에 초장을 얼마나 떨어트리든, 너는 너거든. 잘사는 집에서 태어나서 공부마저 잘하는 모범생이라는 건 변하지 않아. 부럽다야. 물론 네가 말이 없고, 항상 어두운 표정을 하고 있었지만, 그마저도 나름 분위기 있었거든."

분위기가 있었댄다. 분위기가 있었대. 무슨 분위기지? 네가 본 나도 그랬니? 놀랍게도 그 말을 듣자마자 내 머리를 지배한 것은 분노도 화도 의문도 아닌, 우리 집에서 숙성되고 있는 내 와인이었어. 나는 그녀가 마지막 남은 회 한 점을 먹을 때까지 웃으며 기다렸어. 조금만 지나면, 조금만 지나면 와인을 마실 수 있으니까. 게다가 조금 숙성된 터라 새로운 맛을 낼 지도 모르잖아. 솔직히 엄청 들뜨더라.

식사를 마친 그녀가 아쉽다고 말하기에, 나는 우리 집으로 그녀를 불렀어. 찬장에 있는 차를 내어줄 생각이었지. 절대 뭐, 다른 생각이 있던 건 아니었어. 적어도 그때까지는? 일단 그녀를 데리고 집에 도착하자마자, 나는 화장실이 급하다는 핑계를 대고 저장고를 열고 들어가 문을 잠갔어.

그러고는 양치할 때 쓰는 투명한 컵에 와인을 담았지. 여전히 검고 찐득거렸지만, 전보다 조금 붉어져 있었어. 한동안 아름다운 색을 바라보다가 입에 대는 그 순간, 나는 죽어도 좋다고 생각했어.

진짜로.

저번처럼 교양 없게 퍼먹지는 않았어. 투명한 컵 너머 보이는 오묘한 빛깔마저 음미하면서, 꽤 고풍스럽게 먹었다고. 나 나름 교양 있는 사람이거든. 야, 웃지 마!

딱 세 번. 세 번을 먹고 입가에 묻은 걸 확인하기 위해 화장실 거울을 봤어. 입가에 묻은 건 거의 없었지만, 난 다른 걸 발견했지. 달라진 건 바로 나더라. 내 혀는 거의 10센티미터 가까이 자라 있었고, 바늘 같은 돌기가 듬성듬성 돋아나 있었어. 손으로 만져보니까 엄청 축축하고 딱딱해서 좀 기분이 나쁘더라. 송곳니는 어느새 매우 날카로워져 있었고, 양쪽 눈은 핏줄이 터졌는지 빨갛게 변했어.

거울을 바라보며, 나는 변한 나 자신을 납득할 수 있었어. 그리고 깨달았지. 내가 인간다운 음식을 먹지 않아서, 인간다운 음식을 인간답게 먹지 못해서 이렇게 되었다는 것을 알아버린 거야. 있잖아 어진아, 인간은 인간다운 걸 먹어서 인간이 되는 거야. 배고픔으로 힘들어하는 아이들에게 기부를 한다거나, 주어진 일을 열심히 해서 사회의 모범이 된다거나, 공원의 쓰레기를 줍는 봉사를 하는 건 말야, 인간이 되는 행위가 아니야. 인간이 되려면, 그저 인간답게 먹으면 되는 거였어. 너도 언젠가는 이 말의 진정한 의미를 깨달게 되겠지.

기분 좋게 취기가 오른 내가 소중한 저장고를 나서서 마주한 것은 거실의 소파였어. 정확히는 소파에 널브러져 있는 선생님이었지. 그녀가 먹은 것은 싸구려이긴 하지만, 과실주여서 다행이었어. 소주나 맥주를 먹지 않아주어서 고맙더라. 횟집에서 본 그녀와는 어딘가 많이 달라져 있었지만, 그건 상관이 없었어. 찬장에 있는 손님 접대용 고급 홍차를 꺼내어 대접할 생각이었는데 말야. 나는 소파로 다가가 그녀를 내려다보았어. 그러고는 속이 쓰린지 표정을 찡그리고 있는 그녀를 자게 내버려 두기로 했어.

시커먼 정장은 오랜만에 입어서 그런지 좀 불편했어. 오랜 객지 생활로 내가 살이 많이 빠졌나 봐, 꽤 헐렁하더라고. 그래서 편한 옷으로 다시 갈아입으려고 방에 들어갔어. 그런데 내 방 침대에는 그가 누워 있더라. 왜 굳이 내 방이지, 라는 생각이 가장 먼저 들었지만, 나는 바로 이유를 떠올려냈어. 몇 년 전 새벽에, 그가 직접 망치로 안방의 침대를 부쉈거든. 침대를 부순 이유는……, 잘 모르겠네? 기억이 안 나.

곤히 자고 있는 그를 깨우지 않기 위해, 나는 최대한 조심스럽고 조용하게 움직였어. 깨워서 좋을 게 하나도 없잖아? 옷장을 열고, 초록색 넥타이를 풀어 손에 쥔 채 검은색 정장을 벗었어. 그리고 정장과 넥타이를 반듯하게 접어 옷장에 넣었어. 소리를 내지 않으려고 온 신경을 집중했더니 이마에 땀이 송골송골 맺히더라. 어쨌든 나는 그를 깨우지 않고 옷을 갈아입는데 성공했어.

방에서 나와 주방의 테이블을 바라보니 반가운 얼굴이 있었어. 엄마가 테이블 의자에 앉아 계시더라. 엄마의 표정은 늘 그렇듯 일그러져 있었어. 내가 특별히 준비해 준 음식은 거의 먹지 않으셨더라. 조금이라도 먹어서 다행이긴 하지만.

여기까지가 상자에 들어 있던, 마른 종이에 담겨 있던 이야기이다. 나는 떨리는 손으로 마지막 마른 종이를 넘기다 그만 종이 뭉치를 놓쳤다. 종이 뭉치는 여기저기로 흩어졌고, 그 사이에서 나는 무언가를 찾아냈다. 그것은 공책에서 찢어낸 것이 확실한, 얇은 종이 몇 장이었다. 그어진 줄들은 파란색이었고, 각 장의 오른쪽 상단에는 '국어'라는 글자가 인쇄되어 있었다.

그 종이는 편지가 쓰여 있던 마른 종이와 다른 점이 많았다. 우선 축축했다. 마르다 못해 뻣뻣하게까지 느껴졌던 것과는 달리 물기가 많았다. 기분 좋은 촉촉한 느낌이 전혀 아닌 굉장히 스멀거리는 느낌이었다. 또한 종이에 쓰인 글자의 느낌도 달랐다. 마른 종이에 적혀 있던 글자는 굉장히 단정하고 깔끔한 느낌이었는데, 얇은 종이의 글씨에선 전혀 그런 느낌이 들지 않았다. 상자를 처음 받았을 때, 한쪽 귀퉁이에서 발견된 휘갈겨 쓴 글씨체. 그것과 몹시 유사했다.

나는 바닥에 떨어진 종이 중 축축한 것들만 모아 테이블에 올려두었다. 잠시 생각을 정리해야 했다. 꽤나 충격적인 이야기들이 한꺼번에 머릿속으로 침입했기에, 조금 어지러웠다. 의자에 앉은 채, 마치지 못한 식사를 바라보면서 심호흡을 했다. 그러다 와인 잔에 눈길이 갔을 때, 헛구역질이 나왔다. 잔에는 붉은색 와인이 조금 남아 찰랑거렸고, 그걸 보자마자 지혁의 와인이 연상되었기 때문이다.

식탁의 와인 잔에서 눈을 돌려야만 했다. 당장이라도 내 입에서 검고 찐득한 타르가 쏟아져 나올 것만 같았다. 자리를 박차고 일어나 비틀거리며 창문 쪽으로 향했다. 숨을 몰아쉬며 창문 밖을 바라보니 여전히 비가 내리고 있었다. 잔잔한 배경음악이었던 빗소리는 더 이상 아름답게 들리지 않았다. 창문을 살짝 열고, 섬뜩하게 창을 때리는 비를 바라보면서 생각을 정리해 보았다.

무미의 끝

사실 마른 종이에 담긴 이야기에는 의아한 점이 많았다. 문맥적으로 이해가 되지 않는 부분도 많았고, 적합하지 않은 표현도 많았다. 종이에 설명되어 있던 상황들을 생각하면, 분명히 일어나야 하는 사건들이 언급되어 있지 않기도 했고, 중간에 잉크를 잔뜩 묻혀 읽기 힘들게 만든 페이지도 있었다. 무엇보다도 제일 스산한 점은 볼펜으로 작성된 몇십 장의 편지에 단 하나의 오타도 없었다는 점이다. 심지어 글씨체마저 일정하여, 멀리서 보면 컴퓨터로 쓴 것처럼 보이기까지 했다. 갑자기 온몸에 소름이 돋고 추워져 다시 식탁으로 향했다.

피를 모두 토해낸 스테이크는 하얗게 질려 있었고, 세차게 내리던 비는 어느새 번개를 불러왔다. 시시때때로 번쩍거리고, 웅장한 소리를 내뱉는 창밖을 바라보면서 마음을 다잡으려 했다. 그렇지만 무서웠다. 굉장히 무서웠다. 내가 마주하게 될 사실이 너무나도 두려웠다. 이제 호기심 따위는 조금도 생겨나지 않았다. 남아 있지도 않았다. 그저 이 축축한 종이들을 한곳에 모아 태워버리고 싶을 뿐이었다. 인간이 판도라의 상자를 연 이유는, 그것이 판도라의 상자라는 것을 몰랐기 때문이다. 만약 안에 든 것이 무엇인지 알았다면, 인간은 절대 그 상자를 열지 않았을 것이다. 판도라의 상자가 열린 것은 무지

와 만용 때문이다. 나는 그렇게 확신했다.

　꽤 많은 시간이 걸려, 겨우 나는 스스로를 납득시켰다. 나는 아직 지혁이가 하고 싶은 말이 무엇인지, 그가 굳이 나에게 이 편지를 보낸 이유가 무엇인지 알지 못한다. 그렇기에 나는 그 이후를 마주해야만 한다. 지혁의 현재 상황에 대해 알아야 할 필요가 있다. 호기심에 상자를 열어본 그 순간의 책임을 져야 한다. 이러한 논리 아닌 논리를 억지로 주입시킨 뒤, 드디어 얇은 종이들을 볼 수 있었다.

　어진아, 너는 알아차렸니? 너는 눈치챘어? 나는 이제야 깨달아 버렸어. 내가 무슨 일을 해버린 건지.

　아, 이해가 안 된다는 표정이구나. 앞의 내용들을 다시 읽어보면, 아마 여기저기에 이상한 표현들과 문장들이 눈에 띌 거야. 안방의 침대를 부숴버린 건 그가 아니야. 바로 나지. 그를 침대와 함께 부숴버렸어. 그리고 나, 인간이 먹어야 하는 걸 헷갈린 것 같아. 엄마가 내가 준 음식을 조금 먹고는 움직이지 않으셔. 그렇지만 나는 내가 좋아하는 음식을 대접하고 싶었는걸. 동네 술집에서 선생님이 과실주만 드신다고 했을 때, 나는 무척이나 기뻤어. 소주나 맥주가 아니어서 엄청 다행이었다고!

어진아, 아직도 모르겠어? 내가 과실주에 대한 설명을 앞에 분명히 했잖아. 어휴, 내가 국어 좀 열심히 공부하라고 그렇게 이야기를 해줬는데, 실망이야. 아, 이제야 일그러지는 구나. 내가 방과 후마다 국어 지문 해석을 가르친 보람이 있네. 그래, 내가 가장 사랑해 마지않았던 검은빛 와인은 사람이었어. 변기에 시체를 조각내어 흘려보내려고 했는데, 덩어리가 커서 변기가 막혀버린 거지. 변기가 막히면서 물이 차올랐고, 그 당시의 나는 이성이 남아 있었는지 스스로 기억을 잊은 거야. 일종의 방어기제라고 생각하면 이해가 빠를 거야. 화목한 가정을 훌륭하게 연기했던 밤, 그 배우는 두 명을 죽였어.

그녀는 그렇다 치고, 그는 참 여러모로 내 속을 썩였어. 침대가 부서질 정도로 온힘을 다해 내리쳤는데도 죽지 않고 문으로 달려가더라. 생각보다 빠르더라고. 항상 뛰지 않고 천천히 걷던 그와는 다른 사람 같았어. 하지만 내가 운이 좋았지. 정신없이 달리던 그는 자신의 광나는 구두에 그만 미끄러져 버린 거야. 구두는 멋지게 먼지투성이가 되었지. 그래서 한 번 더 내리쳤고, 한 번 더 내리쳤고, 한 번 더 내리쳤어. 그제야 조용해지더라.

그러니까, 화장실에 다녀와서 나는 남은 그와 남은 그녀를 각각 내 방과 주방 테이블에 둔 거야. 남은 그에게는 정장을 빌렸어. 나

그거 진짜 입어보고 싶었거든. 그 새카만 정장만 입으면 사람 성격이 바뀌는 건가, 싶었지. 내가 입어보니까 전혀 아니긴 했지만. 핏도 맘에 안 들었고. 선생님은 왜 그랬냐고? 아, 별 이유는 아니야. 사실 세 번째 살인을 저지를 생각은 전혀 없었어. 그렇지만, 그 술집에서 선생님이 과실주만 세 병을 먹었는걸. 과실주만 세 병을 먹었다고! 나는 과실주가 가득한 와인이 너무 궁금했어. 야트막한 산에서 먹었던, 그 새의 폐나 위보다도 맛있을 건 당연했으니까.

몇 번이나 멈춰가면서, 몇 번이나 토해가면서 읽었는지 모르겠다. 반쯤 정신이 나간 채로, 마지막 페이지를 보았다. 마지막 페이지는 좀 달랐다. 마른 종이의 단정한 글씨체와 축축한 종이의 휘갈겨 쓴 글씨체가 혼합되어 나타났다. 단정한 글씨체로 두 글자를 쓴 다음에, 휘갈겨 쓰는 글씨체로 세 글자를 쓴 듯 혼란스러운 느낌이었다.

나는 남은 기력을 짜내어 눈을 크게 뜨고 집중했다. 거기에는 지혁이 나에게 편지를 보낸 이유가 적혀 있었다.

너도 알겠지만, 난 더 이상 인간이 아닌가 봐. 아, 오래전부터 인간이 아니었는지 몰라. 인간답게 살지 못했으니까. 집토끼라면 당연히 견뎌야 할 것들을 못 견뎠으니까, 못 버텼으니까.

　나는 세 명의 존재를 죽였고, 바늘 같은 돌기가 길게 돋아난 혀는 계속 와인을 원해. 그 자극적인 맛을 원하게 되어버린 거야. 요즘엔 가끔씩 필름이 끊기기까지 하고 이성으로 스스로를 제어하기가 점점 어려워. 그래서 결심했어. 나는, 너를 포함한 인간들을 위해 스스로 죽기로 했어. 이전부터 여러 번 마음먹었던 일이기도 하고, 시도해 본 일이기도 해. 그러니까 너무 슬퍼하지는 말아. 오히려 축하해 줘. 마지막만은 인간다워지는 거니까.

　일단 죽기로 결심하니까, 오히려 홀가분하더라. 그다음으로는, 어떻게 자연스럽게 죽을지 고민해 봤어. 여러 방법들의 장단점을 비교해 봤어. 꽤 많은 노력을 했지. 목을 매는 게 제일 쉽긴 하겠지만, 목을 매면 흉측한 혀가 드러날 게 분명하잖아. 투신을 하거나 익사를 하면 시체 상태가 예쁘지 않을 거고. 그래서 그냥 약 먹고 죽기로 했어. 정상적인 인간의 모습으로 죽고 싶거든, 나는. 다행히 예전에 먹던 수면제 한 통이 찬장에 그대로 남아 있더라고. 수고를 덜었지, 뭐.

　네가 여기까지 편지를 읽은 건, 내가 왜 너에게 편지를 보냈는지 알고 싶기 때문이겠지? 정신이 온전치 않은 내가, 상태가 괜찮은 날에 퀵 서비스까지 이용했단 말이지. 어쨌든 굳이 너에게 몇 년

만에 편지를 보낸 이유는, 죽기로 마음먹은 그 찰나에 네가 생각났기 때문이야. 정확히는 그 컵라면이 생각났어. 알싸한 맛과 감칠맛이 적절하게 섞여 있던, 그 맛이 순간적으로 입안에서 감돈 거야.

친구야, 그 야트막한 산 중턱에서 오른쪽 비탈길로 내려오다 보면, 소나무 숲이 있거든? 그 숲 안쪽에는 버려진 창고가 하나 있는데, 거기서 나는 사지를 결박한 채 죽어갈 거야. 우선 약을 먹고, 의자에 내 몸을 묶을 생각이야. 스스로를 묶는 법에 대해서는 인터넷을 통해 공부해 뒀어. 그러니까 네가 나 좀 발견해서 신고 좀 해주라. 애먼 길 가던 사람이 날 보고 까무러치지 않게 말야.

아, 그 컵라면 먹고 싶다. 그거 아직 인기 많아?

번개가 치는 날씨였지만, 나는 파란색 비옷을 챙겨 입고 길을 나섰다. 아니, 나설 수밖에 없었다. 오른쪽 주머니엔 호신용 가스총을 챙겼다. 최근 일어난 살인 사건으로 동네가 뒤숭숭해서, 여자 친구에게 선물하려던 것인데 잘 사두었다는 생각이 들었다.

집에서 그 산까지는 꽤 거리가 있다. 구름이 하늘을 뒤덮어 달마저 빛을 잃은 밤, 검은색 왜건은 빠르게 달렸다. 가로등만이 도로를 비췄고, 나는 무미의 끝을 찾아 엑셀을 밟았다.

야트막한 산. 그가 처음 일탈을 저질렀고, 그가 잠시 인간이 된 날, 우리가 컵라면을 먹은 날에 어깨 너머로 목격한 산. 그 산의 입구를 마주했다. 높이가 300미터도 되지 않는, 작은 산이었지만 어둠이 내리자 몹시도 무서운 분위기를 뿜어냈다.

산 입구에 왜건을 아무렇게나 대고 휴대폰을 꺼내 손전등 기능을 켰다. 밝은 빛을 토해내는 손전등이 가장 먼저 비춘 것은 하얀색 바탕에 붉은 글씨로 쓰인 입산 금지 표지판이었다. 나는 표지판을 넘어, 밝기를 최대로 한 휴대폰 손전등에 의지하여 산을 올랐다. 스산한 바람에 나무들이 흔들려 오싹한 소리를 만들어냈고, 여기저기에서 들리는 풀벌레 소리는 시시각각 나를 놀라게 만들었다. 나는 연신 뒤를 돌아보면서 경계심을 늦추지 않은 채 걸어 나갔고, 어느 순간 마주한 광경은 그가 편지에서 밝힌 그대로였다. 소나무 숲이 눈앞에 드러난 것이다. 공원에서 볼 수 있는 풍성하고 고즈넉한 소나무가 아닌, 굉장히 앙상하고 잎이 듬성듬성한 소나무들이 무리를 이루고 있었다. 나는 오른쪽 주머니에 가스총이 제대로 있는 것을 확인하고는 주변을 살피며 숲 안쪽으로 향했다. 주머니에 들어 있는, 손바닥보다 작은 금속의 물체는 생각보다 큰 안정을 주었다. 그렇게 얼마나 걸었을까. 긴장하며 움직인 탓에 허벅지가 쓰려올 때쯤이었다. 저 멀리 무언가가 보였다.

과연 소나무 숲 안쪽에는 버려진 지 오래된 것이 확실한 창고가 있었다. 나무만으로 만들어진 작은 공간은 어서 나에게 돌아가라고 외치는 듯했다. 지금이라도 늦지 않았다고. 그러나 나는 주머니에서 가스총을 꺼내 전방에 겨누며, 조심스럽게 창고 문을 열었다. 여기저기 부서져 있던 나무 문은 괴이한 소리를 내며 맥없이 열렸다.

입구 쪽을 바라보고 있는 것은 텅 빈 의자였다. 의자의 팔걸이 부분에는 거칠게 문지른 것 같은 흔적이 여러 군데 있었으며, 바닥에는 굉장히 두꺼운 밧줄이 갈기갈기 찢어진 채 흩뿌려져 있었다. 허연 밧줄에는 드문드문 검붉은 피가 스며들어 있었으며 의자 옆에는 파란색 국어 공책이 펼쳐져 있었다. 떼어지지 않는 발걸음을 억지로 움직여 파란색 공책을 집어들 수 있었다. 기분 나쁘게 스멀거리는 축축함이 느껴졌다. 너덜너덜해진 그 공책에는 어디에선가 본 시의 일부가 휘갈겨 쓰여 있었다.

이곳은 처음 지나는 벌판과 황혼,
내 입 속에 악착같이 매달린 검은 잎이 나는 두렵다*

　　　　　　　　　　　　　　　　　무미의 끝

순간 번개가 쳤고, 한 번도 들어보지 못한 짐승의 포효 소리가 들려왔다.

* 기형도, 《입 속의 검은 잎》(문학과지성사, 1989)
  저작권 소유자에게 인용 허가를 받기 위해 애썼으나, 연락이 닿지 않아 허가를 확보하지 못한 채 출간하였습니다. 저작권자와 연락이 닿는 대로 성심성의껏 협의하겠습니다.

기기괴괴 공모전 수상작품집

2023년 9월 13일 초판 1쇄 발행

지은이 백해인, 백승빈, 신도윤, 이승훈, 정현수
펴낸이 박시형, 최세현

책임편집 김혜정 **디자인** 정아연
마케팅 권금숙, 양근모, 양봉호, 이주형 **온라인홍보팀** 신하은, 현나래
디지털콘텐츠 김명래, 최은정, 김혜정 **해외기획** 우정민, 배혜림
경영지원 홍성택, 김현우, 강신우 **제작** 이진영
펴낸곳 팩토리나인 **출판신고** 2006년 9월 25일 제406-2006-000210호
주소 서울시 마포구 월드컵북로 396 누리꿈스퀘어 비즈니스타워 18층
전화 02-6712-9800 **팩스** 02-6712-9810 **이메일** info@smpk.kr

ⓒ 백해인, 백승빈, 신도윤, 이승훈, 정현수(저작권자와 맺은 특약에 따라 검인을 생략합니다)
ISBN 979-11-6534-819-9 (03810)

쌤앤파커스(Sam&Parkers)는 독자 여러분의 책에 관한 아이디어와 원고 투고를 설레는 마음으로 기다리
고 있습니다. 책으로 엮기를 원하는 아이디어가 있으신 분은 이메일 book@smpk.kr로 간단한 개요와 취
지, 연락처 등을 보내주세요. 머뭇거리지 말고 문을 두드리세요. 길이 열립니다.